黃春明作品集

07

黃春明作品集7

聯合文叢 449

# 九彎十八拐

◉黃春明／著

目次

黃春明作品集

目次

黃春明作品集

總序

# 聽者有意

黃春明

為自己的小說集寫一篇序文，本來就是一件不怎麼困難的事，也是禮所當然。然而，對我而言，曾經很認真地寫過一些小說，後來寫寫停停，有一段時間，一停就是十多年。現在又要為我的舊小說集，換了出版社另寫一篇序文，這好像已經失去新產品可以打廣告的條件了，寫什麼好呢？

在各種不同的場合，經常有一些看來很陌生，但又很親切的人，一遇見我的時候，親和地沒幾分把握地問：「你是……？」我不好意思地笑笑，他也笑著接著說：「我是看你的小說長大的。」我不知道他們以前有沒有認錯人過，我遇到的人，都是那麼笑容可掬的，有些還找我拍一張照片。我已經七十有五的老人了，看他們稍年輕一些的人，想想自己，如果他們當時看的是〈鑼〉、〈看海的日子〉、〈溺死一隻老貓〉，或是〈莎喲娜啦·再見〉、〈蘋果的滋味〉等等之類，被人歸類為鄉土小說的那一些的話，那已是三、四十年前了，算一算也差不多，我真的是老了。但是又有些不服氣，我還一直在工作，只是在做一些和小說不一樣的工作罷了。這突然讓我想起么兒國峻，他念初中的時候，有一天我不知為什麼事嘆氣，說自己老了。他聽了之後跟我開玩笑地問我說：「老吾老以及人之老」這一句話用閩南語怎麼講。我想了一下，用很標準的閩南讀音唸了一遍。他說不對，他用閩話的語音說了他的意思，他說：「老是老還有人比我更老。」他叫我不要嘆老。現在想起來，這樣的玩笑話，還可以拿來自我安慰一下。可是，我偏偏被罩在「說者無心，聽者有意」這句俗諺的魔咒裡。

當讀者純粹地為了他的支持和鼓勵說：「我是讀你的小說長大的」這句話，因為接受的是我，別人不會知道我的感受。高興那是一定的，但是那種感覺是錐入心裡而變化，特別是在我停筆不寫小說已久的現在，聽到這樣的善意招呼，我除了難堪還是難堪。這在死愛面子的我，就像怕打針的人，針筒還在護士手裡懸在半空，他就哀叫。那樣的話，就變成我的自問：怎麼不寫小說了？江郎才盡？這我不承認，我確實還有上打以上的題材的好小說可以寫。在四十年前就預告過一長篇《龍眼的季節》。每一年朋友，或是家人，當他們吃起龍眼的時候就糗我，更可惡的是國峻，有一次他告訴我，說我的「龍眼的季節」這個題目應該改一改。問他怎麼改。他說改為「等待龍眼的季節」。你說可惡不可惡。另外還有一篇長篇，題目「夕陽卡在那山頭」，這一篇也寫四、五十張稿紙，結果擱在書架上的檔案夾，也有十多年了，國峻又笑我亂取題目。「看！

卡住了吧。」要不是他人已經走了，真想打他幾下屁股。

我被譽為老頑童是有原因的，我除喜歡小說，也愛畫圖，還有音樂，這一、二十年來愛死了戲劇，特別把兒童劇的工作，當作使命在搞。為什麼不？我們目前臺灣的兒童素養教材與活動在哪裡？有的話質在哪裡？小孩子的歌曲、戲劇、電影、讀物在哪裡？還有，有的話，有幾個小孩子的家庭付得起欣賞的費用？我一直認為臺灣的未來就在目前的小孩子，因為看不出目前的環境，真正對小孩子成長關心，所以令我焦慮，我雖然只有棉薄之力，也只好全力以赴。這些年來，我在戲劇上，包括改良的歌仔戲和話劇，所留下來的文字，不下五、六十萬字。因而就將小說擱在一旁了。

這次一起出八本集子，舊有的四本小說集和一本散文集子，新出的另外三本是這幾年來，忙中抽空寫的零星幾篇小說，還有以前沒收錄的小說，加上一些散文，其中寫作時間較密集的方塊專欄；它們是《九彎十八拐》、《沒有時刻的月臺》和《大便老師》。

非常感謝那一些看我小說長大的朋友，謝謝聯合文學的同仁，沒有他們逼我，我要出書恐怕遙遙無期。我已被逼回來面對小說創作了。

# 金豆

請原諒我，今天的專欄我想談一談私人的事。再過幾天就是么兒國峻三週年的忌辰。要是在平時，偶爾想起他的時候，還可以藉工作的忙碌，或是其他的事，將想念他的心擱在一旁。但是這個月來，再怎麼忙，或是處在必須專注的情形下，想念他的心，卻常乘虛而入，甚至於轉化到毫無相關的事情上面讓你想他。

六月九日，我在宜蘭指導的復興國中少年劇團，他們在蘭陽女中的大禮堂演出我編導的《小駝背》。這裡我得首先對劇情做個簡單的介紹。小駝背在鎮上是一個無倚無靠的小孩。一個人住在一只廢棄的涵管裡面：因為涵管裡頭的弧度，正好可以讓他靠背。

在現實的世界大家都叫他小駝背，經常遭受野孩子欺負他，他沒爹沒娘，沒有朋友，也要成為譏笑小駝背的理由。有一次小駝背驕傲地捧著一隻烏龜回答野孩子說：

「有！這一隻烏龜，還有一隻貓咪，牠們是我最好的朋友。」當然這樣的回答，只能引起野孩子更想欺負他的興趣。

在任何殘酷的現實環境裡，總是會有幾個溫暖的人，小駝背終究遇到兩個同情他的小朋友。當小駝背交到這兩位朋友的同時，他自己也找到一個可以逃避現實的地方，那即是一個駝背鎮：那裡的人沒有一個不駝背的。在那裡小駝背不但不會被欺負，還遇到爺爺和姊姊金花。原來這個駝背鎮是在夢境裡，只要小駝背一闔上眼作夢就回到駝背鎮。因此，小駝背就變得愈來愈愛睏覺，對他來說，好像沒有別的事比睡覺更重要。小駝背每次作夢回來，都會介紹駝背鎮的事讓他的朋友聽。「……駝背鎮的所有椅子、床，凡是背部需要靠的地方，都彎得讓人靠上去就覺得很舒服。我只有回到駝背鎮、睡在那床上，才有真正平躺下來的感覺。在這裡我只有蜷曲著身軀側睡。」小駝背還得意地指著天邊的新月，「看！我睡的小床就和那一枚新月一樣，我像睡在白色的小船上，搖啊搖地，好舒服啊！」有一天，這兩位朋友去找小駝背的時候，他們已叫不醒他了。

他們從涵管一個抱貓、一個抱烏龜鑽出，傷心地說：「小駝背回到駝背鎮去了。」「他不會回來了……！」落幕前的終場，一枚潔白的彎彎新月，懸掛在深藍的天上，下方即是站在涵管前，各抱貓咪和烏龜的小孩，他們仰首望著天上的新月，長叫了一聲小駝背的名字：「金——豆——！」就定格不動，燈漸暗，幕緩緩落下。這一幕從排演，到去年黃大魚兒童劇團，到縣內縣外巡迴九場，已經看了不下幾十遍，我還特意營造要觀眾感動的氣氛；這效果是達到了，連我自己每次看了小駝背的結局，都會感動不已。可是九日的這一場演出，當我聽到臺上的兩個小孩說：「金豆回到駝背鎮去了，他不會回來了。」的時候，我竟然想起國峻，一時強烈地難過起來，要不是看到滿場的學生觀眾，我想我一定會失態。我抑住激動，淚水在鼻子裡面逆流讓我嚥下。

這裡有個小祕密。小駝背在駝背鎮找到他的名字叫金豆，這是有由來的。國峻在桃園軍用機場的警衛連當班長，他們的任務就是看飛機。國峻的班裡，有一位平時看來就有點失神的士兵，有幾個夜晚站衛兵都出了同樣的狀況：他站完衛兵之後，沒去找接班的人，自己一個人找個角落去躲起來。長官總是發動全連的士兵去找他。有一次找到的時候，當場被好幾個弟兄圍起來拳打腳踢。不久這位士兵請假回家之後，在桃園的一家旅館自殺了。經過訪問調查才知他的父親已死，母親子宮癌末期，大哥入獄，妹妹被拐跑，家境十分困難。這就是他在軍中失神的原因。國峻一日回來，偷偷在自己的房間裡哭泣，經我們一問，他才把那位士兵的故事說出來。國峻還抽噎著說：「陳金豆好可憐。」問他誰是陳金豆？他說是那位士兵的名字。那時候我正在寫《小駝背》，當我寫到小駝背回到駝背鎮找到他的名字的時候，我很自然地就從國峻的口中借了「金豆」這個名字，安在小駝背的身上了。

小駝背和他是不會回來了。

原載二〇〇六年六月十五日《自由時報．自由副刊》

# 心裡的桃花源

一個人唱歌，可真奇怪。有時是下意識，自己竟不知不覺地唱起歌來，當發現自己不停地哼唱著喜歡的那一支歌的時候，也不知已唱了多久，之後不但沒停，還把歌詞一個字、一個字咬得清清楚楚。這樣無我地唱歌，起先是旋律讓他飄飄然，意識清醒後就被歌詞感動。如此一合，好像一個人扮起雙重唱，又扮聽眾陶醉。這種情形往往發生在一個人心情愉快時，歌一上口，一次一次又一次地重複不停；特別是別無他人在旁，例如洗澡、上廁所、騎機車或一個人在家等等，有時閉著嘴用鼻子哼，有時張口用「啊」字啊到底，哼唱久了，下顎還會微感痠痠的。要不是遇到有人來、忙著談事情，或是吃飯等其他事情來打斷的話，這種愉快的心情，就好像中了邪一樣。

九月十五日晚上，我編導的兒童劇《小李子不是大騙子》，在宜蘭演藝廳圓滿演完最後一場後，幾天來沉沉壓在我心上的壓力才解除掉，接著就是戲終了之前的高潮，由小李子感染給代表七十二個角色的二十八位演員，大家都在臺上，抬頭仰天，雙手捧接由天上紛紛飄落下來的桃花瓣，大家合唱著：

聽哪！讓我告訴你那美麗的桃花源在哪裡！
聽哪！那美麗的桃花源，在我的心裡，在你的心裡，
美麗的桃花源，在我們的村子裡，
美麗的桃花源，在我們的希望裡，
聽哪！那美麗的桃花源在你我、我們大家的心裡。

這個歌詞，搭配林慧玲老師作曲、G大調四板子的莊嚴和諧旋律，使它在視覺和聽覺，還有整個劇情的意義上，凝聚成一種美滿幸福的氛圍，讓好動的小觀眾有聆聽的神情；至於大人嘛，有些人帶來的小孩，還對他們說：「媽媽你哭了。」媽媽抹掉淚水回答說：「媽媽好感動。」不只媽媽感動，我們工作人員、我自己也一樣感動。這一首歌代表《小李子不是大騙子》這一齣戲的聲音和意義，也代表一種美好的感動，因而佇留在我的心裡。可是，它在我的心裡，還有更深一層、同甘苦的境界。

距離最後一場演出的前半個小時，飾演小李子、今年小四的卓君薇小朋友，自己躲在化粧室的角落悄悄地哭起來，問她為什麼難過？她沙啞、小聲地回答我說她沒聲音了，她的難過是怕害了大家的表演。這確實是一件嚴重的問題，除了她之外，還有兩位小演員，一個說頭暈想吐，一個肚子不舒服，其他還有不少人累得有一點提不起精神。這不是他們的錯。他們前面的三場（加上綵排應該是四場），每一場都表現得可圈可點，每一場都不預留體力，盡力為之。因為他們不是專業，不會油條應付，他們這些小孩就是這麼慷慨奉獻。

我安慰君薇，並讚美她盡了力才變得沒聲音，這不是她的錯。

我要她不要害怕沒聲音，我會把她的迷你麥克風開大聲一點，她可以小聲一點說話，如果聲音變沙啞，我交代爺爺在臺詞上加一句，「你這孩子，平時叫你說話不要喊、不要叫，你不聽，看你現在說話，像鴨子一樣，誰聽得清楚啊……」她點了點頭，表示她明白了。我集合大家，我說我們前面已經演了三場了，像是打了三場的戰，三場雖然有幾個傷兵，我們都打贏了戰、過了關，但這最後一場，再不到十分鐘，又要上場了。我們沒有援兵，沒有人可以替代，所有受傷的戰士都得上場，我們現在只求各位盡你的力量，縱然是失敗了，那也是最美的表現。不要怕，只怕不盡力。我們二十八個人，圍著小李子君薇，大家一起喊「小李子！加油！加油！加油！」很快演出時間就到了。讓人感動的是，每一個人的精神都提起來了。君薇的聲音雖有些沙啞，但並沒失聲，並且情節上細膩的表現，比前三場的質感更佳，有如得到神助。當大家合唱〈聽哪！那美麗的桃花源在那裡〉時，個個含淚帶笑，臺下的大小觀眾也報以熱烈掌聲，久久不息，歌聲一直裊繞著。是的，桃花源找不到沒關係，只要我們心中有桃花源，我們就可以把我們腳下的這一塊土地，變成桃花。

「……那美麗的桃花源，在你我、我們大家的心裡。」

原載二〇〇六年九月廿一日《自由時報・自由副刊》

# 落幕後的漣漪

通常一齣戲一演完，包括謝幕也都謝完之後，幕就落下來，表示這一場戲已經結束了。要是觀眾能看到幕再度重啟的話，那又是另一場的開始。可是，有些戲落幕之後，由戲帶給觀眾的感動，在他們的心裡頭，就沒有一張可以起落的幕，能截然而乾脆地畫上一條黑線，區隔進行與了結；往往那感動的餘波意猶蕩漾。席間的燈光雖然都亮了，觀眾紛紛站起身，卻有些不捨地款款移步離席。如果沒有管理上的規定，相信一定有不少的觀眾，會多逗留在那裡，讓感動的情緒化做裊裊的餘音，逐漸溶化後，找回自己的意志，才走出劇場的吧。

當然，這種不捨的濃度，與戲的感人與否成正比。

這種一下子走不開、不捨的情形，在鄉鎮、地方的演出場所，好像除了上述感動的因素之外，另有其他豐富的人情在，所以不捨的人情濃得化不開。尤其是地方上業餘的團體，或是學校的戲劇團體的演出，來看戲的觀眾、家長和親戚朋友為數不少，特別是學生演員的人際關係的現象，他們都以捧場鼓勵的性質，捧著心來觀看的。其他的觀眾雖然不是親戚朋友，至少是同鄉，對演員或是觀眾而言，都可概念性地稱為我們地方的、我們的，視之為載譽的事。這種「我們」的概稱，顯得親密非凡。如果臺上演得還差強人意，這些觀眾就很高興了。要是演出成功的話，激出臺下的一片意外興奮，也是令人意外的。這時臺下的家長和親戚朋友之間，大家會互相重新確認臺上演出者，與他們個別的關係。「我女兒演得真好。」「那是我的孫子。」「我弟弟的兒子也在上面。」……等等的話語。上面表演的小孩，有的還偷偷撩開大幕，伸出他們的小臉，往臺下探索家人還在不在？總而言之，臺上臺下的人，都很急切地渴望見個面，說幾句話，這種熱切期待，在平時是不會發生的。這是一時覺得對方的可愛、寶貴、溫暖，還有說不上來的需要。

有了這樣的溝通之後，也多一層互相的認識和尊重，所以多麼想把準備好的一束鮮花獻給對方，或是和他在還沒卸粧之前拍一張照片留念，上去抱他一下、親他一下，雖然平時不這樣做。最後，臺上臺下都如願地隨著此時激發出來的情感，完全地溝通了，我的看法，這才算是一齣戲真正地圓滿結束。

但是，我上個月（九月），卻為了《小李子不是大騙子》晚場結束之後，沒能讓來觀賞的觀眾和演出的演員，以最起碼的互表感激、感動之情畫上句號而失態發飆，這實在對義務來維持劇場裡面秩序的志工不敬。可是，看著戲劇藝術活動，在自己的地方上，發生素養教材的效果之外，在落幕之後，原本可以另起一齣由觀賞和演出的成果所促成的戲，人與人將產生更深一層的溝通時，卻被一些規矩剁斷：不能獻花，不能拍照，十五分鐘之內離場……真的，我也明白，對公共場所的大眾，如果沒維持秩序的規定約束的話，有時引發的後果是不堪設想的。可是我們回過頭來看，平時這所演藝廳的觀眾，六百個觀眾席上，總坐不滿，來看的都是那一些人，這豈不枉費了我們宜蘭擁有一座全臺獨一無二的三面舞臺嗎？經營管理的單位，最先應該思考的是怎麼叫人喜歡進來看戲，至於規矩，應該由鬆到緊。當有一天，宜蘭人擠破頭想到演藝廳來看戲、一票難求的時候，便應該思考該怎麼去要求觀眾。在合理的要求下，觀眾也一定會嚴守約束的。目前好不容易有觀眾進來，又遇到自己人演出才想去看看，卻碰到諸多約束，特別是有些不近人情的要求方面，令人覺得比上衙門更冷酷。

宜蘭縣對外的宣傳，常自我吹噓，說我們是人文薈萃的縣分。薈萃是茂盛普遍的意思，一個五星級的小型演藝廳，經常七成不滿，這不是觀眾百姓之罪，是負責藝文單位的能耐問題。我想借此機會向當晚的志工朋友致歉，我知道您們的行為是奉命行事，管理單位還為您們抱屈的理由是，您們的工作是神聖的義務，沒酬勞，並且晚場的時間也都不早了，這我們都明白和體諒，可是您們絕對不會，以這樣的理由來賣乖的吧？世界上沒有一位志願兵，說他上了戰場要保證不中彈的，我知道您們很辛苦，我們一起來為宜蘭加分努力工作。

原載二〇〇六年十月十二日《自由時報．自由副刊》

# 感官與文學

生物多多少少都有感官，基本上生物的感官是求生存的條件，生活的範圍越大，樣態越複雜，感官越多越精密。野生動物的嗅覺，除了尋找食物之外，聞有異味，就覺得可能有危機，逃生重要。當然，聽覺、視覺，更不可不具備。在嚴酷的叢林社會，所有的感官，缺一不可。在那樣的生活條件下，沒有誰能告訴牠們，到哪裡就有食物吃，同樣地也沒有誰會告訴牠們，在哪裡最安全，只有靠天生具備的感官和累積的經驗記憶；並且牠們不像人，可以把經驗傳遞下去，牠們一出生之後，就得都靠自己重新學習記取生存的經驗，所以該具備的感官不能缺，也不能退化。當牠們的視覺或聽覺等等感官退化時，就準備被吃掉，因為牠們也曾經這樣吃過感官退化的物種。

人的感官更複雜精密，可惜我們文明的人類，特別是進入資本主義社會的大眾消費時代，當然也是大眾傳播的時代、電腦的時代……等等，我們絕大部分的感官都變成依賴，沒有機會讓我們天生的感官自立強化，反而只有普遍地退化。單從電視上的眼鏡廣告，和街上眼鏡行林立，我們就可以知道我們的視覺感官退化得多麼嚴重。同時在這繁雜的生活環境，家裡的家電交響，外面車馬人聲隆隆，從新生嬰兒出生就在受害，我們普遍地聽覺多少都在退化，包括音準的判斷力也在退化。我們要是單單帶著這兩樣視覺和聽覺的感官回到叢林社會，我想那些肉食動物一定都吃我們吃爆了。戲筆到此，也該打住，談一點正經的。

六月中旬，我們《九彎十八拐》為了慶祝創刊三週年，特別又舉辦「悅聽文學」；閱讀文學作品讓多數人聽的活動。連續三年下來，老少聽眾坐滿了宜蘭文化局二樓的演講廳，在悅聽的過程引起很大的共鳴。另一邊參與演出的朗讀者有小學生、中學生、高中生、社區大學學員和某些作品的原作者，他們從準備、討論、排練到演出的投入到成果，這在在使我們推動此活動的初衷，變成具實可行的信心。

在電子媒體（電視）開始普遍的七〇年代，從事文字工作的人，特別是抱著以文學服務人生的人，對那時電視吞食了大部分人的閱讀時間，讓他們面對文學就覺得無力感，甚至於文盲還普遍的地方，幾乎可以宣判文學的死刑。為什麼文學的傳播被電視的傳播取代之後，文學工作者會發出如此的悲鳴呢？其實電子傳媒在內容與精神價值是絕對無法取代文學的；而是大眾閱讀文學的時間被剝奪了。

梁啟超先生在《飲冰室文集》裡，有一篇文章論及小說的價值與地位。他文章一開始就用了三四個疊句說：要一新一國的國民，就得一新一國的小說，接著就是道德、宗教、風俗習慣等等。為什麼在他看來，小說會那麼重要呢？因為當時老舊的中國門戶才被列強打開，他有機會到歐洲各國去遊歷。他發現歐洲人，普遍地在他們的生活中，文學藝術當著平時素養的教材分量，占有很大的比例。其中最不需花費的就是閱讀文學作品，一般家庭用過晚飯，在睡前的時間，家人聚在一起聆聽某一個人朗讀小說，或是兄弟姊妹輪流著，一本一本地朗讀，就這樣長年累積成一種素養，一種可貴的善良氣質。

我們在貧窮的年代，我們有理由反問：文學可以當飯吃嗎？當然不可能，也不能當萬靈丹。可是我們今天的生活比過去富裕得多了；我們不但吃得飽，還貪探著各種各樣的美食不疲。其實這也沒什麼不對，說不定是繁榮經濟的一臂之力。可是攝取美味，幫不了一個人的素養，更不用談一個社會了，說不定有一部分的人，因而變得更貪得無厭。為什麼？因為吃的味覺在某方面而言，是居於低級的感官。所以只重視吃，只有滿足低級的感官。如果在聽覺、視覺方面，充實文學藝術的感動的話，美食也會變成很高尚的享受。如果我們沒條件經常嚐到高檔的山珍海味，就過著一般的生活，然而我們的高級感官——聽覺、視覺，有經常性的美好藝術素材通過的話，我們的心靈就會豐富而生動起來。

目前我們絕大部分的人都溺在物質生活的大海裡面，終究有一天會感到空虛。但是，如果我們在平時的生活中，能有更多文學藝術的參與，至少我們在茫茫大海中，還算有一個方向。

朋友，閱讀文學在目前而言，是最貨真價實的。

原載二〇〇八年七月《九彎十八拐》第二十期

# 童玩劫

乍看「童玩劫」這樣的題目，還以為是黑心兒童玩具傷害不少的小孩。對不起，一時讓家有小孩的家長，引起霎時的虛驚。不是，我們要談的是宜蘭冬山河的「童玩節」。

最近宜蘭為了縣政府宣布，停辦已有十二年歷史的童玩節，而使冬山河掀起一陣風浪，事雖過了一陣子，風浪也像是平息了，但是在不少宜蘭人的心裡，似乎還沒平息過來；它不但沒平息，還準備蓄勢待發，為童玩節討保。在宣布停辦的縣政府方面來看，這一股反對停辦的一群檯面上的人物，他們的行為簡直就是蠢蠢欲動。事情如果簡化到「辦」與「不辦」的二分法，這是雙方很本位的對立。其實反對停辦的一邊，不管群眾多寡，只憑一種情感，忽視停辦的理由，一味寄望所謂的理想，準備蓄勢待發也罷，或是以理智根據現實所呈現出來的諸多問題評估後，主張停辦也好，雙方都沒做過全面性的考量，只各執片面的理想或現實，情感或理智的對峙。我們做為一個人，也常常面對兩難的事情；這時情感與理智，或是理想與現實，在我們心裡頭交戰。而這種自我內心的交戰過程，就是溝通。不管結論如何，最後的決定是情感勝利與否，面對現實的承擔等等情形，自己個人只有認了，或是慶幸。可是，事情是屬於眾人的話，雙方要提出結論之前，面對種種問題，雙方得拋棄先前難免具有的政治恩怨和偏見，再做充分溝通。

那麼先從反對停辦的一方來看；他們認為辦了十二年的宜蘭童玩節，是宜蘭的一種新傳統，在這種大眾消費社會的時代，大眾的生活趨於均質化、一致化，而失去地方特色和文化時，建立一個傳統是十分不容易的，然而宜蘭童玩節，這十幾年來，已形成宜蘭地方的特色，童玩節和宜蘭畫成等號。另方面，在地方經濟上，多多少少也增加一些收入。在國際的友誼上，從每一年邀請來十多個國家的團隊，他們除了來表演他們的文化特色的節目之外，一兩個月居留在宜蘭民家，與宜蘭人建立起來的友誼，而使臺灣、宜蘭能給人留下好印象，帶回到國外的其他國家，無形中替我們國家、替宜蘭做了正面的部分外交。還有每年五、六十萬個來參加的小孩，每人都帶回美好的記憶，和得到遊戲中多元的學習。反對停辦的一方，有具體而說不完的好處。

但是主張停辦的一方，像接到燙手的山芋，急著想拋掉。其實，他們也有苦衷和其他的想法。不過令人覺得較為安慰的是，呂縣長對著媒體表示說，抗議一方的話他都聽到了。這表示他不為反對而反對吧；真希望是如此。那麼要停辦童玩節的現實問題在哪裡呢？

鉅額的虧損。一向貧窮的宜蘭縣，上千萬就是鉅額。這個問題在反對停辦的人，不敢認同。他們認為過去是有盈餘的，再說，在文化與教育的層面來看，不能以賺不到錢就叫做虧損，那是對地方、對個人和小孩成長的投資。這話聽起來是好聽，但是在整個商業社會的結構裡，體質也是商業社會的體質，任何與結構和體質不合的，都會被排斥和淘汰。當然虧損得無法負荷時，就像窮人家沒錢讓小孩上大學，只好學學謀生了。

為什麼會虧損？做生意如果是孤行獨市，那就好辦了。目前臺灣的遊樂區，看到宜蘭童玩親水的遊戲設施，吸引不少的遊客之後，他們多處設立，並且設施方面也更新不少，附和大眾消費社會與商品化社會的條件需求，而大大瓜分遊客大眾，特別是中南部的遊客，再怎麼說，他們是不會捨近求遠的。

再說，宜蘭童玩節原來的名稱是「宜蘭國際童玩藝術節」。有不少識字的人問，童玩在哪裡？藝術在哪？他們原來以為白天親水玩玩，晚上除了吃宜蘭小吃之外，看是否可以到宜蘭、羅東或礁溪去看戲劇或舞蹈，或欣賞演唱和演奏之類的節目，再或是看哪裡有在地的藝術展之類的靜態活動，結果什麼都沒有。熱死了、又塞車，有些民宿沒管理好，殺雞取卵……等等，夠了，這些理由就夠檢討了。不是？

呂縣長説要另辦一個活動，很好。但是針對童玩節的矛盾，是否可以開誠布公，邀請兩方面的代表開會研討一番，説不定對另辦的方案有所幫助也説不定。不然對立不消除，童玩節就變成宜蘭的「童玩劫」了。

原載二〇〇七年九月《九彎十八拐》第十五期

# 穿鴨裙的老農夫

有一次與教育界的朋友閒聊，有人談到小孩子的創造力的問題。是啊，學校教育要如何培養小孩子的創造力？

記得四十年前，我曾經在家鄉宜蘭的高山湖泊，看過一位老農夫，他不用獵槍、不用弓箭、不設陷阱、不張網子，也沒看到他用超自然的異能施展法術、唸咒、放符，而竟然有此能耐，只憑雙手，赤手空拳，將十多隻戲游在湖心的水鴨，一隻不漏統統捉上岸。他也不是神奇到一游過去就手到擒來，但這種能力，不用說是面對野生的水鴨，就算是一般家禽的小鴨子也不易如此辦到。

他是這樣的：只穿一件內褲，腰纏一條腳踏車的內胎，頭戴安全帽大小、並且挖了兩隻眼睛的匏仔殼，可遮住半個頭臉；這匏仔殼就是葫蘆瓜，讓它硬化後切半，變成鄉下在使用的水瓢。然後，在驚嚇不到水鴨的地方，準備了一堆枯枝雜草拋入水裡當偽裝，人潛入水中將頭鑽出雜草堆的中央，身體就用雙腳在水底擺動地站泳，很慢很慢地游移，倚近鴨群。水鴨以為是水面上的漂流物，不疑有他。這時候老農夫看準最外圍的第一隻鴨子的腳，在水中伸手急速地將鴨子拉到水裡。鴨子不但展翅難飛，張嘴也叫不出聲音，就這樣把鴨子一隻一隻拉到水裡，一隻一隻的鴨脖子塞進內胎的腰帶。上來的時候，看到他就好像穿了一件鴨裙。

跟農夫短暫交談之後，才知道那是他獨門的招術。他說想法誠然特別，但要抓準分寸，拿捏到不驚動水鴨的地步，是得經過多次失敗的。這件事有關技術上的修練先不談，他的想法確確實實是很高明的創意，不可否認，那便是創造力。

從這件例子，我們就可以知道：創造力或創意的能力，不一定是從學校裡面培養出來的吧。並且，創造力也不是分門別科分裂出來的單門科業，像是國語、算術、公民等等。這種所謂的創造力，是一種潛能，也是一種人的性向，不一定每一個人都有，並且擁有的資能也未見相等。

不過我們知道，一個人創造力的潛能，就像礦一樣，是開採出來的，和知識不同，不是經過累積加上去的。可惜的是，在絕對制式的教育之下，有創造力潛能的小孩，往往是頑皮的、惡作劇的，比較不喜歡呆板的功課。這在重視考試記分和拿一把道德尺度衡量小孩的學習成績與學校生活行為時，往往被視為「問題學生」，最後便被犧牲了。

這位穿鴨裙的老農夫，他沒上過學，除了創意潛能沒被埋沒之外，在他的生涯和工作環境中，還學到該有的知識和行為。他知道水鴨的習性，他會游泳，他有耐心，他認識湖泊的環境……縱然他有如此的創意，但上列的現實條件，缺一都不行。

看看現在學校的教育、家長的要求、小孩子目前的學習壓力……想一想，別空談了！什麼培養小孩子的創造力？

原載二〇〇五年五月八日《自由時報．自由副刊》

# 一隻便祕的老鼠

從漫長的農業時代開始，可能更早，從狩獵時代就開始吧，人類和老鼠就結了很深很深的怨，不然就不會有「老鼠過街，人人喊打」這樣的諺語。到現代化的今天，重視公共衛生、保護精密設備，還是深忌與鼠共存。不要以為美國迪士尼塑造了老鼠的可愛形象，大大小小的人們被全球化影響，愛死了米老鼠，也替美國賺了不少鈔票，可是真正的老鼠出現在美國人的生活環境，或是廠房、倉庫，這都是大事一樁。

今天你用什麼方法、怎麼打死老鼠，保護動物協會的人絕不會出面干涉。近日在網路上秀出凌虐貓咪的事，引起軒然大波，如果此人凌虐的是老鼠，保證他平安無事。記得小時曾抓到一隻甲蟲把玩，被一位來化緣的尼姑姊姊瞧見了，她說了一大堆輪迴和地獄的故事嚇我，要換取我將那一隻甲蟲放生。如果我那時凌虐的是一隻老鼠，不要說是尼姑姊姊，就是換成老和尚撞見了，他也會視若無睹——因為牠是人人喊打的老鼠，牠曾經偷吃油燈的油、打翻了油燈，把佛堂燒了。

人類在狩獵的時代，還是過著真正共產主義的社會，貧富幾乎沒什麼差距，到了農業時代，貧富的階級差距就很大，所有的農民不是農奴就是佃農，真正在耕作的人連立錐之地也沒有，他們以一輩子的勞力，換取微薄的一點點糧食。在這樣的情形之下，他們播種的種子、小苗、成熟待收的穀子，在田裡的老鼠就照三餐來吃。好容易才收成要繳租的，被剝削只分到一點點的，還有偷偷密藏了一點的，老鼠照樣不放過。除了這些，放養的小雞、小鴨經常被老鼠吃掉，有時小嬰兒被咬死的事也時有可聞。中世紀歐洲的鼠疫，死了四分之一的人口，二十世紀初的中國，也因鼠疫死了不少人。總而言之，老鼠欠人類的帳是算不清的。

日本有一位學者，寫了一本書介紹人類捕殺老鼠的各種方法，有關宗教或迷信巫術之類不說，實際上具體的方法，以水攻、火攻、藥毒、機關陷阱等等，不下一、兩百種。我以為我看漏了，從頭再翻了一遍，就是沒看到我知道的一種——那是一位宜蘭的老農夫告訴我的。

他說他們以前的家裡，老鼠多到養了四隻貓也拿牠們沒辦法，至於其他方法，人家怎麼做，他家也照做，效果不大；用藥毒殺，還讓小孩誤食，差些送命；用鼠鋏、鐵絲籠，他說老鼠有八歲大的小孩的腦筋，還比小孩靈活，聰明得很，鼠鋏和鐵絲籠裡的大塊肉騙不了牠們——老鼠知道，天下沒有白吃的點心。但是，平時還是把鐵絲籠安在牆腳下，有一天竟然讓他捕到一隻大老鼠；家裡有發言權的大人，七嘴八舌，有說將牠溺死、燒死、殺來燉補或砍頭示眾等等。最後一個老人家出來，說不要弄死牠。大家好奇地看老人家要怎麼處置，什麼問題也不問。根據老人說，要對付老鼠的事，提都不能提，默默地去做就是。例如他們曾用各種方法都治不了老鼠的原因，就是有人說出口，被老鼠聽到了。

那位老人家從生的花生米裡面，找到一顆比老鼠屎大一點的小花生米，花生皮皺皺地表示脫水得厲害。他把穿出鐵絲籠外的鼠尾拉緊，讓老鼠的屁股頂住鐵籠，然後找到肛門，將準備好的小花生米，硬塞進老鼠的肛門裡面，隨後就把老鼠放了。這樣的舉動讓那一家人都驚訝不解。老人家差不多賣了一個禮拜的關子，問大家有沒有覺得老鼠不見了？大家不敢確定，可是想起來，好像沒看到老鼠的蹤影了。為什麼？老人說那一顆花生米吸收老鼠身上的水分而變大了，牠無法排便，開始幾天牠還繼續吃，但是無法排泄，憋不到幾天，和人一樣臉露屎面、便祕；便祕使牠脾氣變壞，老鼠無法灌腸，憋到最後只有抓狂，見了同伴就咬，被咬的稍一反擊，對方卻更死命地玩真的，所以大大小小在一起的一群老鼠都帶傷搬家了。這一隻大不出來的老鼠，最後的結局就是撐死。真的，第二個禮拜聞到屍臭時，在老祖母的床下找到那隻便祕的老鼠。

最近有關單位在開創意研習的課程——涼快去吧！創意不是知識領域的事，是累積生活經驗做基礎，才能想出解決問題的辦法。那位想出辦法殺鼠的老先生，連幼稚園都沒上過呢。

原載二〇〇六年八月十日《自由時報·自由副刊》

# 詞彙膠囊的見證

在本文開始之前，不得不先向原住民的朋友道個歉，為了要解釋閩南話裡面的一個詞彙，不能不提到「蕃仔」這樣的字眼，本人絕無不敬的意思。其實「蕃仔刣」是閩南話的詞彙；它也只有在宜蘭地區的漢人，並且是年紀大一點的人才懂，現在在日常用語裡面也很少人使用。我曾試探過，在臺灣其他地區，甚至於在福建廈門等地，也找不到人聽得懂。

那麼「蕃仔刣」又是什麼意思呢？就是很倒楣的意思。為什麼蕃仔刣就是倒楣？待我細稟：刣字就是殺，蕃仔指的是原住民。蕃仔刣就是原住民殺的。這詞句是被動語態的省略。但是這還不能說明指稱倒楣的由來。

事情是這樣的，宜蘭的開發在臺灣而言，比西部晚一、兩百年，宜蘭的開發先民首推吳沙先生，我們後代總是會把先民的開拓史，向下一代歌功頌德一番，說什麼祖先是用王道的辦法協助當時的蕃人（原住民），才得到蘭陽平原等地。長久以來我們也都信以為真。

但是我們慢慢長大之後，發現我們的閩南話裡面有一句話，說「倒楣」就叫「蕃仔刣」，這和所謂的王道有互相矛盾的地方。這種矛盾，一般人在結構的暴力中習以為常，所以也就不追究它的道理而沿用下來。

其實「蕃仔刣」這樣的詞彙是一個歷史的見證，是百口莫辯的證據。至少它告訴我們宜蘭人的祖先，擁有蘭陽平原，絕不是先用什麼王道的辦法，感動了原住民，他們才把一個可以建設成桃花源的平原奉送給宜蘭人的祖先；是經過長期武力的介入，也因為漢人的武力優勢，才讓平埔族人和原住民放棄這個平原的。

武裝的對立，強弱雙方都會有死傷，漢人的武力再怎麼強，一樣有傷亡。問題是被殺傷亡的漢人的屍體，常常找不到腦袋。所以在武裝衝突的地方，若發現無首屍的情形，就可以百分之百地判定，這是泰雅族英雄留下的戰跡；因為他們有獵首的習慣。這種事對重視全屍的漢人而言是非常嚴重的，死了已經夠慘的了，竟然連頭都找不到。這是何其倒楣的事啊！

以前宮廷裡的太監公公老死之後，入殮之前，還是會把他入宮前閹割下來的、經過防腐處理過的LP，不偏不移地放置在它原來生長的位子，讓這位過世的太監公公，擁有完好的全屍，堂堂正正步入冥界陰府；萬一投胎為人時，才不致有所遺憾。如是之故，死屍不見首的事，確實倒楣。

三、四十年前的宜蘭人，在日常生活裡叫屈的時候；例如倒楣、糟了、慘了、不幸等等之外，有時連遇到喜出望外之事也會叫「蕃仔剑」。

語言的詞彙就像膠囊裡有很多東西，有時並不是文字的字典、詞典所能包含的。

原載二〇〇五年九月十一日《自由時報．自由副刊》

# 寵壞自己的暴發户

最近我個人因為對雪山隧道發表了幾句措詞強烈的批評，引起媒體的輿論共鳴，我個人覺得被抬愛了，其實有這樣共同看法的人，在臺灣還是不少，可惜它一直沒能成為一股強而有力的力量，而被有關的組織忽視。當我們反對的雪山隧道成為事實之後，再怎麼強烈的譴詞，都變成最後一次的悲鳴，縱然是說了什麼，也只是說出一個簡單的結論，連觀念都不容易交代清楚。

沒錯，雪山隧道對生態環境造成了很大的破壞，有如埋下了一枚核子定時炸彈；甚至於其慢性的侵害，也有如放射線糾纏細密難除。因此譴責雪山隧道，環保是一個很重要的理由之一。

在這個寶貴的地球上，人類，其實是幾個資本主義大國、強國，或是叫做先進國家，以極端的本位發展；在另方面來看，是糟蹋整個地球的生態環境，所以早就有人提倡第六倫，還有所謂的「生活環境的倫理」，它主張人類有生存的權利，其他物種也一樣有生存的權利。由大自然形成的地景，也有存在的必要。最後特別強調我們子子孫孫有享受地球的權利——地球能成為好的生活環境，是建立在均衡發展的基礎上的。

在生活環境的倫理主張裡面，說要保留大自然形成的地景，但我們卻侵犯了它，還把它當進步。例如把一條彎曲繚繞的河流截彎取直，把一個生態綿密的沼澤填平……等等，都以人——以少數人的利益，假借建設的美名，勵志的抽象價值，說什麼人定勝天、天下無難事，只怕有心人種種。既得眼前的利益，破壞未來的美景；工程不等於建設，把鋼筋水泥凝在一起就叫建設嗎？這在臺灣常被拿來討好老百姓，雪山隧道就是一個例子，除非連政府都不知道它的利害關係，或是只聽了幾個人的話，造成判斷錯誤。

一九八六年吧，我受邀訪問琉球的文藝界，在幾天的行程裡面，有一天被安排去石垣島，那是休閒度假的勝地，大部分的遊客都來自日本本土，他們要到石垣島，就得搭飛機到那霸，然後再轉搭小飛機或是船隻到石垣島。我去的時候，正好有一件新聞議題，分成贊成與反對兩派，爭執了有一陣子。那就是日本航空國內線，爭取在石垣島填海鋪設飛機跑道，地點選在石垣島的白保村的海邊。白保村的村民成了反對派的弱勢團體，商人團體和多數的議員是贊成派，調查的比例是十二比六十一，其他不表示意見，所以比數相當懸殊。這個時候，NHK記者竟然訪問我，要聽取我的意見；他為了表示認真，記者和一位漁民讓我穿上潛水的裝備，潛到海底看看要鋪設跑道的地方（事先我說我會游泳）。當我潛到海底的時候，眼睛所看到的，是一片夢境，美得讓人詞窮的珊瑚礁，在清澈閃著折射陽光進來的海底，優雅地就在那裡；要不是呼吸上的壓力分了我的心，一定會感動地在海底掉淚。

記者問我這個地方要鋪設飛機跑道的看法。我說我不是日本人，我無權表示意見。但是以地球村的觀念，我算是一位地球的公民，我很用力地對著鏡頭說：不應該。這個故事的後續是，當天電視播出之後，晚上我參加當地臺灣移民商人的鴻門宴，我被圍剿了，甚至於有人罵我丟臺灣人的臉，什麼不好寫，寫那種〈莎喲娜啦．再見〉。我不知死活地站起來，說你們這麼不講理，那麼我們就來打架比較痛快。我很悲壯地離開酒席，準備被打死。

說也奇怪，那時有一點像要就義般飄飄然的美感。當時害得邀請我來的朋友緊張得要命，好在臺灣的鄉親不想再把事情擴大，結果我義也沒就成，陋態卻暴露。

不過值得欣慰的是，事隔多年，石垣島的飛機跑道成了一道幻影，深深地沉入海底去了。當然，這個結局絕對與我無關，聽說當時的沖繩縣知事（縣長），他是一位左派人士，這才是關鍵。提起這件國外的陳年往事，只想讓我們這裡關心政治的朋友做參考而已。

其實，雪山隧道除了大大地違反環保之外，還有一項也不小於破壞環保的壞事。大多數的人民，對新生事物都需要教育，特別是在民主ABC的階段。但是政治人物為了占有地盤、拉攏選票，許下建設支票，對建設的事項沒有充分說明或慎重的評估。為了既得利益就去完成的話，一邊是賄賂，一邊是寵壞。一個富有人家寵壞一個敗家子就家破人亡，寵壞還在民主ABC的大多數人，你說我們的社會，這得來不易的民主，會有什麼遠景？會寵壞小孩的家庭，很多是暴發戶；臺灣的社會頗有暴發戶的性格，連自己都寵壞了！

原載二〇〇六年七月十三日《自由時報．自由副刊》

# 打一個比方

舉例子、打比方，這往往是為了方便說明一個觀念，或是一個難懂的定義，看怎麼能使授受雙方都達到目的。

首先在此舉一件事，向大家報告有關宜蘭三星鄉「上將梨」的生產技術和過程。它如能成為一個有趣的知識，之後才想借它來做個比方，解釋本欄今天的主題。這麼做是打個比方的一魚兩吃。

梨子，特別是又大又好吃、一個就要兩、三百元的水梨，它們都產在緯度較高的寒帶，臺灣也早就在寒冷的高山地區如梨山一帶試種成功。但是在平地要種出大水梨，又能在不產水梨的季節吃到它，那更是難上加難，是不可能的事。可是三星鄉的果農辦到了。

怎麼辦到的呢?他們將適應力、生命力強的仙楂成樹，留下頭幹部分，接上生殖力旺盛的，俗稱鳥梨仔的枝椏。鳥梨仔即是串成串、拌糖的糖葫蘆小梨子。它纖維粗糙，口味酸澀，如不拌糖衣很難入口。等到接枝梨樹的花期，再接上高緯度地區的高級梨的花苞，成為一株三段式的梨樹之後，這一株共生成體的梨樹，就具備了生命力強、生殖力旺、成果質優的梨樹了。這個可能性的基本條件，必須建立在仙楂、鳥梨仔和寒帶梨樹都屬於薔薇科雙子葉植物中離瓣類的同一科。

國內外吃過上將梨的人，無不讚美，當他們知道這是蘭陽平原三星鄉的成果時，更驚訝稱奇。這件事給我的啟示，不是把不可能的事，變成可能的勵志意義，而是面對本土和本土化這件事，要如何看待?

這些年來，臺灣社會的體質，變得十分過敏，動不動就引起各種症狀併發。就以「本土」一詞來說，在過去的年代，它的意義單純易懂。放在今天的臺灣，卻變得意繁義多，多到令人糊塗，恐怕翻查現有的詞典，也無法得到圓滿的註解和解釋;同時，它可以複雜矛盾到，讓各方各執一義，爭得面紅耳赤，甚至於爭到變成敵對的地步。

抱著一個單一的意識形態為基礎，指一個目標為指南的終極，經時悠長的幻想，這種時代已經過去了。然而，身為民主的臺灣，對本土、本土化而言，一碰到選舉，保守、民粹、懷舊的即成為一股強大的勢力，影響政局不說，經濟、文化、教育，甚至於民眾的社會生活的情感，也遭受到破壞。其實，這種本土意識潛藏在人們的心底時，是互不敵對，相容成體的。可是一旦被既得利益的敵對團體操控炒作之後，經過催化、激化，撕裂成兩極，造成有如無形的文法受到嚴重傷害，我們如何溝通？這樣的災難，當然不能只歸咎單方，這是趨利互爭的結果。可是人民大眾何辜？敵對雙方豈不是共犯？

本土化固然重要，為了生存，現代化更不能免，有了這樣的條件，想不想國際化，只差加把勁。比方說三星鄉的上將梨，仙楂是本土原地的果樹，生命力強，但經濟產值低，經過現代技術改良，移花接木後，它不但保有本土的精神，擁有現代的面貌，登臺國際何難？

原載二〇〇五年四月廿四日《自由時報·自由副刊》

# 城鄉的兩張地圖

二、三十年來，臺灣任何一處城鄉的變化，至少都有兩張可比對的地圖。一張是近三十年前，農業社會面臨瓦解的前夕，一張是形成工商社會之後，國民所得突破七千美元的今天。如果將這兩張地圖重疊起來讀，不難發現，任何一處城鄉都有了巨大的改變。特別是近鄰大都會和城市的衛星城鄉，他們都以都會和城市為榜樣，像是做了一番整容；雙眼皮當然割，連拉皮、隆鼻、植齒、拉下巴樣樣來，一直窮整下去。其實遠離都會的城鄉也一樣，因為交通拉近了距離。這種有形的改變，大概三十五歲以上的人，不用比對地圖，他們都是親眼目睹過來的。

有形的在變，隨著無形也變；無形變了，有形也隨著變。例舉筆者的家鄉羅東來說吧：原來南門街那裡有一條河流過，我們都叫那一條河「南門港」。多少沿河的居民，小孩子早就學會游泳了，他們還不知道，也因為如此，南門港曾經培養了不少游泳選手。每次的運動會，游泳項目的錦標，都由南門的居民囊括。每年的端午節也在南門港競舟。有時候看不開的人，也會到此跳港自尋解脫。因此羅東人有一句頗為流行的罵話：「南門港無勘蓋啦！」意思是說南門河沒加蓋，為什麼不去跳？這句罵人的話，已經不再叫人聽見了。早幾年，南門港為了拓寬路面加了蓋。端午節，羅東人只好到冬山河畔看龍舟。鎮裡的運動會得到游泳錦標的，也不一定是南門人了。有些旅居他鄉的羅東人，回到羅東的時候，還會跑到加了蓋，完全和馬路一樣的南門港走走。要是有人指著他罵：「南門港無勘蓋啦！」我相信他不但不會生氣，還會感到親切哪！不信可以試試。不過出事，筆者可不負責。

這些年來，城鄉的改變可以說是從骨子裡起了變化。幾個中小企業的加工廠——進出城鄉之後，一些人的價值觀和生活規律，都是另起標準。信手拈個例子：有一家日資的加工廠，專門生產世界各廠牌錄音機外殼。其經營方式是打帶跑，所以預鑄的廠房簡陋，雇員不多，大部分只限幹部。勞力與場地，儘量利用計件論酬的家裡；一來省掉大部分場地設備，二來雇用人員不受勞基法拘束，可以省去龐大的人事開銷等等。他們利用小幹部，全面性地去訪問家庭主婦徵工。許多家庭主婦，一想到可以掙一點私房錢，也就無所謂其勞力是否被榨取，一個白天組合兩千個組件，才能拿到一百五十元的工資，竟然引起競爭。為了表現，只好拚命提高產能，折損降低。每一個組件都得小心翼翼地將小螺絲拴緊、安裝小彈簧，點一滴油汁（多氯聯苯），如果一不小心，彈簧一彈掉就找不回來。每一位主婦的神經都繃得很緊，脾氣也變壞，小孩在身旁吵著要什麼也要大聲吼叫，但眼神還是貫注在手上的工作。如果小孩子還不識相，伸手就打，打到哪裡也不知道，只要小孩不再吵就好。小孩當然不再吵了。沒想到媽媽突然變得這麼不可親，把我的鼻子都打出血來了。一個學前的小孩，躲到旁邊捻一團紙，自己在處理自己的鼻血。晚飯的時間，男人回來了還沒有飯吃。稍帶一點責備的口氣說話，主婦也理直氣壯地說：「你不長眼睛嗎？沒看到我手忙！」

一個小孩子的撒嬌，和一家溫馨的晚飯，都不值得一天賺一百五十元來得重要。雖然有很多的人不做錄音機零組件的工作，但是做雨傘環、縫布偶、針織等等，都是一樣。這一幅大景象，全拜謝主席所賜，他大力地呼喊：「客廳工廠化。」一六〇年代，臺灣的經濟就這樣起飛起來。在這裡我們聞到四、五百萬勞動者的汗臭，也聞到夾在其中小孩子的淚水和鼻血的腥味。這一頁即是城鄉經濟地理的例子。

去年股市狂飆得引起世界注目，兩千萬人口中，竟然有四百八十萬人玩股票。丙種證券公司，紛紛進出城鄉設號子。像宜蘭市可以說是最保守的城鄉，很多新鮮事物都是跟著別人走。去年也有股市號子了。就在號子開幕那一天開始，菜市場突然在上午，看不到主婦們出來買菜，原本許多人都跑號子去了，而號子門口的馬路卻零零亂亂停滿了機車，弄得該路段上午沒辦法行駛汽車，傍晚，菜市場才恢復往常在上午的市況。這種反常的現象，維持相當長的一段時期。原本經濟地理的另一面即是人文地理。因為過去的經濟生產的同時，也是文化生產。但是經濟生產是來自投機的時候，也是人文沒落的時候。在城鄉的地圖上，設了工廠，引進新行業，這都是值得關注的事。

另外在城鄉的地圖上，人口的變遷、分布和結構也是重大變化的一環。二十年前，農村留不住年輕的勞力，年輕人紛紛湧向都市走進工廠，造成國內移民的移民潮。當時許多城鄉的人，只想出外打拚一番，到時候總是要衣錦榮歸。經過多年，成功的也好，失敗的也好，似乎只有居住在城市才能有作為，或是討生活，總而言之，大部分都落籍他鄉了。

有一位年輕的爸爸，帶著上幼稚園的孩子，難得抽空高高興興回鄉下，看老人家和朋友去了。這在臺北工作的人，不是有誰想回去，隨時就走得了的事，即使是年節也諸多不便。回到家見了親朋好友，大家熱絡起來的那一份心情，真正叫人覺得：回家的感覺真好。但是小孩被大人忘在一旁，愣在那裡看著與他無關的親熱勁，令他深感孤獨。經過一段時間，他鼓起勇氣，看準目標，走進人堆，拉著爸爸的褲管；拉了幾次才引起大人低下頭注意他。「爸爸，我要回家，我要回家。」小孩子的話突然叫做爸爸的感到啼笑皆非。「回家？這裡就是我們的家啊！你還要回哪裡？」爸爸驚訝地叫著。害得小孩子有些緊張，再經旁邊的大人哄笑，緊張中又加了些害臊。

「爸爸，我們回家好不好嘛？」小孩小聲央求著。

「你瘋了。這裡就是我們的家了。」

「不是。我要回家。」小孩堅決地說。

「那你說，我們家在哪裡？」

「臺北。」

大家可能直覺得好笑，可是稍深刻地想，不難意識到，其中有屬於現代人荒謬的問題。這一則小故事，相當有代表性地記錄了目前城鄉人口的變遷。不過再怎麼荒謬也比不上老人家被留在鄉下，到了月底就等郵差送報值的掛號來得辛酸。他們當人家的子女的時候，經營著三代同堂的家庭，好好侍奉過雙親，現在等到他們年老，子女卻不在身邊。偶爾孩子回來了，小孫子又像陌生人怕生。溝通嘛，一個說國語，一個說臺語。有時還為兒子比別人回來得勤快而高興，後來才知道，年輕人在外面生意上有了問題，要老人家把僅有的房子，或是土地變賣。其實在前面開頭提到的兩張城鄉地圖，就可以看到一些老年人蹲在巷子裡，等待遠處傳來的車聲，化成子女的腳步。每每失望之餘，只有對自身的遭遇感到茫然。而那茫然又令他覺得依稀有過災難。只要把這二、三十年前後的兩張地圖重疊比對，其間少了什麼，多了什麼，搞清楚為什麼，那即是肌理分明，有情節的、生動的城鄉發展史了。

臺灣這些年來的經濟成果，被神化為奇蹟，而城鄉的急速變化，也因經濟奇蹟的神化而變化。如果對目前的生活不滿，又怕人說不知足，肯定它嘛，確實還有許多欠缺。不管怎麼說，有一件事實是必須肯定的，那就是這些年來的城鄉經驗。只要我們能記取這些經驗，今後的發展才不至於茫然摸索，同時亦可將這個經驗，提供給下一代做參考。所以哪怕是城鄉的一件小事、一則小筆記，它們在在記錄了城鄉的經驗，為城鄉的變遷做見證。

原載一九九〇年十二月一日《中國時報．人間副刊》

# 朧朣的年代

一九七二年間，為了拍攝《芬芳寶島》一系列的紀錄片，筆者曾經騎著蘭美達機車，跑遍臺灣的鄉下和山地，做蒐集資料、調查和取材的前置工作。那時候才無意間發現：小小的臺灣還因族群的不同，連豎立在稻田和小米園的稻草人也不一樣。閩南人的稻草人和客家人的，特別是和南部美濃的就不大一樣，跟原住民的差別更大，他們腰間還配一把模擬刀，一看就可以分辨出來。這種各自與自己相像的製作，跟編造的下意識，一點關係都沒有。它是文化的自然呈現與流露；就像各族群的人，在同一族群中要說話溝通時，不必刻意去想要說哪一種話的情形是一樣的。只要他們一張口，各自族群的語言就自然流瀉出來。

這種相像的關係，其實不只顯現在文化的層面上，近幾年來，在文化上的顯現比率，因國際社會的經濟形勢的影響，第三世界或是開發中國家的倚賴經濟關係，文化層面逐漸地被已開發的先進國家同化，反而在自身的經濟條件上，顯著地顯現其相像是受經濟的影響。如果今天再去比對三、四十年前的稻草人，今天的稻草人模樣，就沒有以前那麼容易識別，至少現在已找不到穿棕簑和戴有差異性的斗笠了。現在稻草人穿的成衣款式，已不能呈現地方或是族群的特色，要是有人一定要找出不同的話，那只有從選舉活動後，農民將印有候選人名字的競選旗幟，拿來替代稻草人的東西。不過這和本文要討論的社會相像無關。

從三、四十年前已泛黃的黑白照片，我們可以看到當時絕大多數的男女老幼，他們的身材精瘦，穿在身上的衣物，以現在的眼光來看，大人的衣著大得有點不合身，小孩子們的，特別顯得寬鬆垮垮；這是有原因的，在窮困的社會，社會大眾以勤勞節儉為生存的原則，不但物盡其用，還要以廢物利用為美德。大人認為小孩子長得快，衣服穿得合身，不要多久就不能穿，未免可惜；所以給小孩的衣服大得有些誇張，衣服捲起來的袖口、褲管仍然寬大，它穿在骨瘦如柴的小孩子身上，經風一吹，就像披在稻草人的十字竹架上，還啪拉啪拉作響。那時候，鄉村的農舍，城裡的街房，那樣子看來就是那些人居住的地方，而那整體不管是具體的景觀，抽象的精神，就是那麼搭配而相像。

然而看看今天的我們，吃得好、穿得好、住得爽、行得快，去掉這些光鮮亮麗的外殼，光溜溜的我們，身上多了多少贅肉，臃腫得難以承受，外觀又難堪，所以很需要以美麗的外在來掩掩遮遮，而這些已經不是文化層面的東西，也一樣臃腫；像為了要掩蓋第一次的謊言而說的話，第二次、三次，層層疊疊還是謊言。有不少人如果要去掉臃腫的贅肉，還得花大把鈔票，拿健康當賭注。要是運氣好，贏得人工美人的美名，經常可以出現在臃腫的資訊新聞裡，展現巧奪天工之美，排八卦陣之雌威抖擻，養眼大眾。在這商品化的社會，暴發戶式的消費行為囂張，連公家機關也處處辦什麼什麼節，節節高升，所花費的錢、隔天製造出來的垃圾污染，也累贅臃腫。

今天我們站在社會之中，和三、四十年前的稻草人站在當時的水田，是何其相像啊。一般的百姓，總喜歡用一件事或一首歌來代稱某一個年代，例如反共抗俄那個年代、白色恐怖那個年代，〈你丟我撿〉、〈孤女的願望〉、〈媽媽請你也保重〉、〈Yesterday Once More〉……等等。當然今天的社會也可以舉出很多的事物或歌曲來做代稱，但是若要找一個較有代表性的形容詞，想來想去，以臃腫來代稱，你以為如何？

原載二〇〇五年十月廿三日《自由時報・自由副刊》

# 你猜！

亞歷山大大帝，一日微服私訪。他來到一個小鎮的小旅店門口，看到一個行獵打扮的中年人，在那裡耍一點派頭抽菸斗。這種打扮和嗜好，對當時上流社會而言，是稀鬆平常的事。但是這位中年人，卻讓人看來顯得有幾分裝模作樣；看他把那一雙擦得亮亮的，帶有馬刺的長統靴，一隻腳踏在石墩上，抽出一條雪白手巾，煞有介事地彈掉靴上，由他自己的菸斗掉下來的一塵菸灰。他做這樣的動作，低頭時還要眼瞟四周，偷瞄一下是否有人注意他。

在旁不遠的亞歷山大都看在眼裡了。他還發覺此人手上的菸斗，還是幾天前才買的樣子，有一份新呆相；不像一般菸槍拿在手上的，有時間感，且因不時拿來摩拭鼻頭上的人油，所養出來的沉著穩重的油亮。大帝一時興趣來潮，很想知道眼前這位仁兄，到底是何方神聖？於是走近他搭訕佯探問路。

這位仁兄話未答之前，還皺了一下眉頭，打量一下身著微服的大帝，問：「你知道我是做什麼的嗎？」大帝客氣地說：「在下願聞其詳。」對方乾咳一聲，說他是在軍方任職。

「呃！您原來是我們國家的英雄啊！失敬、失敬。」亞歷山大敬個禮又說：「敢問您官拜……？」

「你猜！」

大帝故意挫他銳氣答說：「士官長？」

軍人不耐煩到差些叫了起來。「再猜！」

「少尉？」

「什麼？你說我是少尉?!」好像不敢相信自己的耳朵似的叫：

「再猜再猜。」

在亞歷山大故做打量他的時候，他有意無意地拉拉衣襟，略挺胸膛想展露威嚴雄風，提示謎底。大帝看他臭屁，就故意從中尉、上尉、少校，一階一階地猜。當亞歷山大猜他為中校的時候，他已沉不住氣地說：「比這還要高哪！」

「那眼前的您豈不是偉大的上校囉！」

上校吐了一口氣說：「At last，終於讓你猜到了。」

後來這位上校反過來問大帝，……

不對不對，這樣寫下去就變成寫小說了。專欄只有八百字篇幅。其實開頭只是想借亞歷山大大帝的故事片段當例子，說現今的臺灣社會裡面，也有不少上校這一類的人物，男女老少都有，特別是這種暴發戶才有的心態相當普遍。

有一次我受邀到中部一處私有的山區別墅農莊，本來是去做客的，哪知道主人的盛情招待，卻變成去參加猜猜看綜藝節目的現場來賓。我們一進山莊大門，迎面就看到三十多噸重的一個大奇石；因為經過山區崎嶇小山路，才意識到它的難得，據說是從花蓮輾轉運進來的。它有多重？花了多少錢的運費？為什麼要買這個奇石？上頭的字是誰題的？這塊石頭的主人出了不下十個題讓人猜。到了裡面的客廳，主人信手拈來就出謎題，要我們猜一張看來不怎麼樣的黑色會議長桌，是什麼材質？我以為是大理石，但手一放上去，不冰涼。我說是塑膠，沒想到主人卻捧腹大笑不已。後來他說了一句，是日本人的外來語，我還是聽不懂，經他說明才知道那是碳纖維。哪一國製的？多少錢？特別是價格，我猜了四次就放棄可以再猜的權利。主人惋惜地說那是義大利製的，連十二張椅子總價六十八萬元。後來主人又一一介紹他擁有的油畫、古鐘、沙發、杯盤、獵犬，還有外頭一些移民來的老大樹等等。他不是要我們猜價錢，就是要我們猜這些東西的來龍去脈。到後來主人沒問，來賓也變得愛問東問西，問題總離不開多少錢為多。

當吃飯的時候，美酒、水晶杯也是猜價錢的好謎題。飯後輪到主人的太太主持猜猜看。她要我們猜鋼琴。我以為德國的史坦威已經是頂級的，哪知道還有什麼貝森朵夫的？當我打開琴蓋時，嚇了一跳；白鍵上竟然歪七歪八寫了1、2、3之類的阿拉伯數字。女主人說是她在學鋼琴，為了方便把簡譜的符號寫上去。我沒猜價錢，主持人等不及就把三百多萬的價錢宣布了。那一天我就懷疑自己，我到底是去當客人呢？或是去當主人炫耀他的財富的催化劑？

每一個人都有每一個人的個性，不同民族因為地理環境和歷史背景的關係，也形成各民族的個性，一個社會或是時代，也一樣有諸種因素累積下來形成的特色。臺灣也不例外，就從自己的經濟歷史背景來看，今天和五十年前的臺灣，就有很不同的個性轉變。你不覺得我們有一種氣勢凌人，而膚淺的暴發戶性格嗎？

原載二〇〇五年七月十七日《自由時報．自由副刊》

# 同舟不共濟

全臺的燈會，總算熄燈了。

這次曠世的金融風暴，連經濟大國的歐美和日本，全國上下都叫苦連天之際，臺灣不但沒能例外，從出口的大大消減，公司行號相繼關門，工廠停產，採取裁員和停薪休假，失業率節節攀升，臺幣貶值，乃至一般家庭的購買力消弱、生活陷入困境等等，發生了深沉的惡性循環。

但是，從剛過去的元宵燈節活動來看；例如全國大型的燈會在宜蘭連展兩個星期之外，臺灣的其他縣市也都有相當規模的花燈展覽活動。現在這些活動的期間結束，工人在拆除這些花燈，相當暴力的動作，根本就看不出珍惜。本來這些東西拆下來就是沒用的一堆廢棄物，當然用不著陪小心，越快拆除越好，在這樣的結果要求之下，拆除的動作，不暴力也難，這是很自然的。可是，在這裡為什麼要把拆除報廢的動作，用暴力來做比喻呢？因為讓我們想到，這些花燈請專業的人花了多少錢打造起來的。全省上億的錢，就這樣用怪手，兩三下就拆毀了，稍思考一下，怎不叫人覺得可惜，浪費得可惡。特別是在這經濟風暴，人人陷入生活窘境的同時，這樣的花費，難道都引不起大家的心痛而加於批評嗎？這樣的花燈展加上連續數天晚上的煙火秀，透過電視新聞的報導傳播，人們難道只看到燦爛繽紛，亮麗多彩的表象，我們就感到幸福愉快？

形式主義對一般人的欺妄性很大，漢民族是全世界最形式主義者，畫餅幾乎可以充饑，做不到的事貼貼標語，呼呼口號一切就OK了，例如我們確實是像一盤散沙，最不團結。也因為最不團結，漢民族在近代史上吃了很大的虧，所以悟到人民需要團結。那要怎樣才能團結呢？很簡單，「團結就是力量」，把這六個字當著口號喊，把這六字真言，當著標語到處貼，就是這樣簡單。三、四、五年級的人，他們在臺灣長大的話，呼口號、看標語的經驗，在記憶裡一定很鮮明，但是，當時的標語和口號，哪一件實現過？反攻大陸？三民主義統一中國？

政府是服務人民的，教育人民也是服務項目之一，一味討好人民，讓人民的民智閉塞，或用大眾傳播媒體報喜不報憂，粉飾太平，製造擬似環境的錯覺環境化，這和愚民政策相差無幾。

臺灣是苦過來的，過去的人一輩子都在過苦日子求家族的生存，所以修來勤勞節儉、省吃儉用，有一點錢就積蓄，還有倫理、抗壓性強等等，哪知道近幾十年來社會結構一變，普遍地變有錢。有了錢要怎麼生活那豈不簡單，以前窮困沒錢、沒得吃、沒得穿、沒得休閒玩樂，有了錢就是要吃、喝、玩、樂。也因為這樣，我們的吃相、我們的消費行為就有了暴發戶的性格。不幸的是，沒吃過苦的年輕晚生的一代，從他們懂事的時候，臺灣就是那麼富有，他們的成長不用吃苦，他們所學到的消費行為是去哪裡吃好吃、穿戴有什麼名牌。一旦苦日子來了，是來了，他們就不知要怎麼活下去。

今天我們面臨的風暴，是每一個人都遭受到的苦境，要解這個苦境，是每一個人非但要有共同問題意識，還得一致努力，才能儘快脫離風暴。同舟共濟，不能做為口號和標語，是行動。這次的同舟，是諾亞的方舟啊！

原載二〇〇九年三月《九彎十八拐》第廿四期

# 銘謝賜炮

一日穿過小公園，經過一撮圍聚一圈的老人身邊，突然譁笑喧騰，著驚之餘，駐腳餵食心裡的好奇。那些老人，他們樂得不注意，或是不介意旁人貿然站在他們的近處。悉聽他們笑中言語，才知道原來他們之中有人放了一門特大號的響屁。

「哇！這聲這麼響，還不看看褲底有沒有炸了一個大洞？」「還好響屁不臭。」「以後要放嘛先通知一下，免得嚇死人。」這一響屁像放高空煙火；碰一聲響，到了半空炸開你一句、我一句的笑言笑語，又歡樂又燦爛。看樣子這屁放得不但不叫人討厭；至少此刻，不至於讓他們像平時，不得不面對莫名無奈的日子而沉滯。

「說也奇怪，我這個人吃什麼藥都沒什麼效，哪知道剛剛吃了一條烤番薯，竟然這麼靈驗。」屁主為自己緩頰的回話，和大家呵成一氣，讓催命的死神在旁也笑得忘了他的任務。

臺灣不知道從哪一天開始的，放屁竟然變成鮮事，才引起那一撮老人的懷念和鄉愁，轉而成為歡樂。五、六十歲以上的人，稍回憶一下自己的童年；那個聞說黃金漲價，而大多數的人不至於緊張，但換一句話說米漲價，心裡就感到恐慌的貧窮年代，從南到北，閩南客家的小孩圈裡流行一支抓屁主的歌：「點鑼點叮噹，誰人放屁彈閹公，閹公媽，舉鐵槌，摃著死囝仔腳穿（屁股）門。」最後總是那個最小的被冤枉點到。那時候三餐能吃白米飯的家庭不多，好一點的是米飯摻番薯，叫番薯籤飯；記得小學時，同學的飯包，還有不少人只帶幾條番薯的，在冬天，教室裡經常有女老師叫：「誰放屁?!快把窗子打開。」天冷，窗戶不能不關，但是常關開關開，木造的窗戶，可能因屁折損得壞了窗軌。以前的人小孩子生得多，五六個小孩擠在曠床蓋一件棉被，有人悶在裡頭一放屁，五六個小孩就躺著舉腳踢棉被，把屁揚開送走，但是往往演變成玩踢棉被作浪的遊戲而把被單踢出大洞。也有一些頑皮的小孩，用手抓住自己的一把屁，即時將手摀住別的小孩的鼻子作樂。

記得讀師範的時候，有一位同學的綽號叫屁王。因為他雖不能隨時呼風喚雨，但是放屁一事，任誰挑戰都不怕。有一次七八個同學圍著他打賭，要他放三十響可聞見的屁。條件是每一響一碗紅豆湯。他老兄要圍觀的二、三十位同學安靜。他一響一響毫不含糊地放到十響時，每一響之後就引起笑聲和歡呼，打賭的人有時還耍賴說沒聽清楚。他還大方地說：「沒關係，那一聲就算贈給你們好了。」他只要遇到耍賴就送，還好看熱鬧的同學主持了公道，三十響屁也一發一發地證明屁王不是當假的。

小孩子把屁當著好玩，大人就不同了，他們把放屁當成和呼吸一樣平常，也一樣嚴肅的生命現象。當坐在硬板凳的阿公，臉上的表情稍一失神，屁股一挪動那被肉和凳面擠壓出來的屁聲，真是有形有狀的滑稽，任誰聽了，哪怕是蒙娜麗莎也會大笑。更可笑的是，那位放屁的阿公，他不但沒歉意，還一本正經地罵人：「放屁有什麼好笑！」好像我們對他所為的嚴肅的事情不敬。可能也是，放屁和對神禱告一樣，anytime、anywhere都可以，因為神是everytime、everywhere都無所不在。

今天的臺灣，放屁變成鮮事的事實，它不是笑話說著玩。這是因為整個社會的結構改變了。一個社會的結構改變，原來整套的大大小小事物，甚至於經濟、政治、教育、文化等等，包括生活生態環境，當然還有人，人的心也都改變。普遍吃番薯的日子，也帶著屁似乎消失了。當然，呼吸照樣呼吸，飲食照樣飲食，可是因為空氣也改變了，小孩子的呼吸器官不如以前爺爺他們年紀小的時候，現在的人他們的飲食是以前的人所吃不到的黑心。那麼，屁真的不放了嗎？放！原來屁是從屁股眼放，現在屁股眼不放，屁總是要找出口。出口？出口這一詞竟然讓政客們發現屁的通路，屁從口出。

透過每日二十四小時輪番播出的電視新聞，還有其他的政論節目，才知道，其實放屁這碼事，根本就沒斷過；只是改道出口罷了。並且比以前更anytime、anywhere，可聞見屁聲連連，逼得我們禁不住地要說聲：銘謝賜炮！

原載二〇〇五年十月九日《自由時報・自由副刊》

# 鄉愁商品化

鄉愁像陳年好酒，愈陳愈香醇。當我們聆聽老年人在敍說以前的往事，看他瞇著眼睛，像是去那遙遠的地方，追溯到源頭歲月，去把他的童年，或是記憶的碎片帶回來拼湊似的，縱然那是他們過去的傷痛，悲苦的日子，或是一些碰觸及涉獵到的事物和人，經他們敍說起來，不單他自己醉，我們聽的人也醉。為什麼鄉愁竟是這般的醉人？到底它的酒精含量有多高？要這樣去分析和探究的話，那是多麼掃興，多麼賣弄求知慾的人啊。鄉愁之所以醉人，就因為它是鄉愁。

原本釀造鄉愁是需要空間的轉移，從故鄉轉移到他鄉或異鄉，要不然就是經過一段歲月，故鄉的事物也都變了，讓沒離開過出生地的人，到後來對自己的故鄉感到陌生。在我們今天的臺灣，很多還留在漁農社區的老年人，他們大部分人的鄉愁是來自後者；

故鄉變了，變得很快，變得很陌生，甚至於生活習慣、生活形態和價值觀也都不一樣，有些還極端地不同。這是目前老年人的上一代以上的人所沒有遭遇到的。過去臺灣的移民社會的鄉愁，是離開故鄉來到異地的臺灣，但是生活和生產方式、風俗習慣，因為是族群整體遷徙，他們同時把自己的複合體的人文社會結構也一併帶著走，就算是有鄉愁的話，拉起胡琴唱唱〈思想起〉故鄉的什麼什麼，也寬慰了初期離鄉背井的愁緒。另方面他們開拓未來的理想，準備在此，成為下一代的新故鄉，這麼一來就不會像現在的老年人那麼樣地陷入無助的孤獨和寂寞，一想到過去的生活點滴，都會激起濃濃的鄉愁。

臺灣自從三、四十年前，生產結構的改變，由農業社會跨入工業社會，而導致四、五百萬農村的剩餘勞力人口，匯成國內的移民潮，紛紛由農村湧到城市、加工區，居住在工作地方的衛星城鄉。在這初期，為了討生活，他們忍耐新的生活環境和工作，這時對家鄉的思念，也只不過是思鄉、懷鄉病（homesick），還談不上鄉愁（nostalgia），因為這些人還算年輕，適應力強，並且要回家鄉也不是很難的事。鄉愁似乎需要更長的時間，還有回不去的感覺。但是懷鄉病熬久了，在外成家之後，社會的新的生產結構形成，第二代也在工作地方成長，生活的負擔壓力加重，在工業社會工作不比農業社會的農事生產，像是孤軍奮戰、長期身心疲憊，不過消費能力相對地增強，除了民生用品的消費之外，滿足心理的消費已不成奢求，因此地方上的小吃，經過電視臺模仿日本的諸多介紹臺灣各地小吃的節目推波助瀾，一時成為風氣。

在貧困的農業社會裡面，各地方的小吃都是小本生意。大腸麵線，一天能賣一兩鍋，粽子賣一百來個，鹹酥餅賣一兩爐，小生意人就很感激又滿足，每一個去照顧的客人，不管老少，都會受到他的笑臉相迎。哪知道他們經過媒體的推介，在這大眾消費的時代中，這些代表著過去的點心小吃，因為讓人吃起來像是隱約地回到從前，多多少少精神上得到一點慰藉，要不然它也沒真正好吃到非吃到它不可地走紅。也因為走紅，小本生意，由路邊攤變成有店面，幾張簡陋的桌椅，室內不須裝潢，而營利不必報稅，所得積砂成塔，原來第二代瞧不起而出外謀生的，都紛紛回鄉接棒經營。

另方面，在大眾消費時代的消費大眾，除了有消費能力之外，其消費行為，經常離開了商品的本質。為了虛榮，喜歡跟流行時尚，沒個性，一致化，均質化，容易被廣告左右，喜歡人多，看到排長龍就趨前接龍，東西好不好吃、好不好是另一回事，排到了才重要，其行為很接近反射條件的交替反應。尤其是被炒作出了名的小吃，年輕的第二代接手之後，時也、命也、運也，生意超好，可惜生意人面對顧客的笑容沒了，滿臉汗汁油光，像一盞路燈引來成千上萬的飛蛾，卻一點表情也沒有；如果有的，累、不耐煩，遞東西給你的時候也十分輕率。飛蛾無所謂有沒有尊嚴，只要是夜晚的一盞燈就趨之若鶩。縱然是在偏遠的郊外的一盞路燈，在仲夏之夜，蛾群必到。

以前的小吃好吃嗎?好吃。但是沒有好吃到那樣誇張,在商品化的社會,任何東西都可以商品化,透過有形無形的包裝,往往商品的附加價值,比原來的商品還貴。管他鄉愁的釀造要經過多長的時間和其他的條件,大眾的消費誰管你精純道地,為了應付大量的需要,還有什麼品質可言。

什麼?政治都可炒作商品化,鄉愁有什麼不能,來來來,八十年的肉粽,九十年的炒米粉,一百年的西鎮包子。

原載二〇〇六年四月六日《自由時報·自由副刊》

# 廢話產業

有一年朋友從日本回來，他帶著禮物來造訪，在他還沒亮出禮物之前，竟然要我猜。不過他先告訴我是一只扁平、像一般鮪魚罐那樣的大小，當然不是鮪魚罐。

我心裡想，這個年頭罐頭食品普遍得很，送一只罐頭算什麼禮物。我向他再確認是一只罐頭之後，我就往高價位的內容去想。最後我只能想到魚子醬。他說不是。那麼就是鵝肝囉?他笑我沒見識，他說魚子醬和鵝肝醬是用玻璃罐裝的。後來我想到了，我很有把握地說是菸草，因為我抽菸斗。他說菸草他另有準備。我覺得太費力，不猜了，他才拿出那一份禮物。我一接手，像拿到空罐，仔細看標籤才看到上面寫著「富士山的空氣」。我著實驚奇，驚奇生意人連富士山的空氣也可以裝出來當商品賣錢。

當然在富士山上是不會有工廠，縱然在平地加工，也不會到山上去裝大量富士山上的空氣下來分裝。於是查看罐子的前前後後，看能不能看到Made in China，結果沒看到製造地點和時間。其實它製造的地點已經可以判斷絕不是富士山上，更可以判斷，它的內容絕不是富士山的空氣。但是在這大眾消費的社會，商品化的社會，為了滿足虛榮心，商品化的領域，連人都可以物化成商品換成錢的，就是真正在富士山上設廠採收山上的空氣，真材實料做成「富士山的空氣」的罐頭又怎麼樣？

其實讓人傾洩廢話、打發時間的方便也可以商品化。十五年前，上世紀的九〇年代，是資訊情報技術革命的時代，人們慶幸情報技術的發達，擴展個人的自由又多元的知的領域，例如手機。四、五十年前，為了打一通長途電話，就得跑遠路到電信局，先掛號登記。在那裡要等半天，等到櫃臺的人叫號，說某某地方的電話接通了，請到某號電話機講話。來打長途電話的人，都是有要緊事，或是不得已才來的。他拿起話機通話時，有兩個問題考慮，怕對方聽不清楚，怕計時通話、時間拖長，所以講起話來又大聲又快。後來進步了，有電話亭和在家裡可以直接打給對方，但是那也得要看對方有沒有在電話旁邊。

現在更進步了，人手一機，帶著電話到處走，有人找你，你找別人，只要手機一按馬上就可以通話，這是何等天方夜譚的方便。方便到有些先生感到被麻煩的太太拴住了，他只要聽到太太問他，你在哪裡？在做什麼？明明沒做什麼壞事也會火大。其實，我們帶手機之後，我們的通聯，我什麼時候在什麼位置，在基地的話庫裡都可以查收到。如果對方把我們當作敵人看的話，手機是他很厲害的武器，因為行蹤言行都被掌控了。諷刺的是，我們像是得到更多的自由，卻喪失了隱私，背後還有老大哥在監視你。

就算還沒那麼嚴重，但是我們處處聽到在身旁打手機的人，聊他們的廢話；真的是廢話為多，只要你注意聽就知道。當我們在車上好容易買到一張有位子的票，前後左右都有人在講手機時，如果你還可以若無其事，你已成為一半的無敵鐵金剛，不怕魔音穿腦。這些電訊企業的營業額，從消費者的廢話賺來的為最大宗吧。

看樣子，這樣商品化的社會，可洽商林志玲做商標和商品，用罐頭裝沼氣，叫做林志玲的香屁，也可以大賣特賣吧。

原載二〇〇五年十一月六日《自由時報．自由副刊》

# 一朵花的背後

情人節的那一天，一朵玫瑰花可以代表贈予者的愛，對方要是笑咪咪地接受，也表示me too！如果有些男士心血高潮，送上九百九十九朵花的話，表示「我愛你N次」。有時這不一定加保證，但是至少在小姐工作地方的辦公桌上，堆上這麼一座玫瑰花山，可要羨煞多少人；受贈的小姐要是有仇人在同一辦公室的話，也可以為她報仇。看到仇家受到威脅的臉色，超爽。

這一天，有些死愛面子的小姐歐巴桑，縱然沒人送花給她，她也要自掏腰包買一朵，或是剛好路過有人送花圈的門口，順手抽一朵花；最好是玫瑰花，回到辦公室插在礦泉水的寶特瓶裡，表示姑娘也有情人。

商人能把平平白白的日子，炒作成這樣花花綠綠的消費，令多少人欽佩不已，並且一年裡面可以擁有西洋情人節、白色情人節、還有七夕的中國情人節，而這三次的情人節，不一定男甲送花給女乙，女乙送花或巧克力給男甲，可能第二或第三次的情人節，就變成男甲送花給女丙，女乙送花或巧克力給男丁了。從消費活動的經濟效益評估，交叉消費總是比單線消費有益。這麼看來，把這樣的功德全歸給商人也不公平，如果沒有廣大可被操縱的消費大眾，再怎麼聰明的商人也炒作不了市場吧。

一朵花的花貌可以愉悅人，也可以代表一個人的內心話語。我們都可以想像得到，情人節的那一天上午，準備送花的人是多興奮地到花店買花，一路還預期迎面而來的笑容，還有那一晚密密麻麻的熱吻和草莓；另一方也隱隱地料到對方送花來的樣子，還期盼他有突如其來的小動作，好讓她黏巴達地罵一句：「不要臉！」是不是這才是情人節真正要達到的消費目的？在這一條時間的線上，情人節並沒放慢腳步，越時跨日漸去，兩個情人激情過後的下墜球，又有多少故事開始發展？全壘打、安打或三振？那些送迎的花朵，又得到多少的關注，或是不屑地像一般家裡的垃圾拋棄？當然，沒有必要像林黛玉葬花，但是對前幾天，或是只隔一天前，那樣注視著它，撫摸著它的情形，起碼也要有一個比得過去的處理和結果吧。除非那朵花的背後是謊言，或是拿來當著偽裝。

有一位幼稚園的小女孩，在暖和的陽光下，很驚喜地發現一簇粉紅色的酢漿草小花，開在學校的籬笆底下，她首先有一股衝動，伸手就想要抓一把送給老師。但是老師曾經教過他們，不要這樣、不要那樣，不要隨便攀摘學校的花，她一想到這裡，收回她的手蹲在那裡很仔細地看著花欣賞，她愈看愈覺得粉紅色的小花，長得真可愛，她愈覺得可愛，那股一時被抑制的衝動又升上來，可是這次她只小心地摘了一根，她心想只要一朵，沒想到那一根細細的花梗，上頭竟開叉連著四、五朵小花，她看了心裡引起小小的不安。

不過一方面想到這花要拿給老師時，心裡的愉快就把那小小的不安沖走了。她那肥胖的小手，握著小小的酢漿花，快速地跑到老師的跟前仰翻了頭好高興地對老師說：「老師，花給你！」老師只勾下脖子俯瞪她一眼說：「你怎麼亂跑去摘花！」小女孩尷尬地笑著，把握著花的小手仍然高舉，還抖了一抖，要老師注意到她摘來這麼可愛的小花要給老師，可是老師一點都不領情，仍然勾著脖子往下瞪著她說：「快進教室。」這時候小孩子的視覺才回到原始的感官，她所看到的是，仰角視野裡頭的一頭猛獸，但是人文的經驗還在小孩的腦子裡掙扎，她微弱地再次說了一聲：「花給你。」老師垂手接過花往一旁把花丟掉。「快進教室。」小孩目送那一朵花發呆，不一下子，小孩的腦袋被推了一下，「進教室。」這位老師前幾天有人才送過她一朵花哪！

原載二〇〇六年三月廿三日《自由時報．自由副刊》

# 再見吧！母親節

大眾傳播的時代，透過平面、立體、電視媒體和各種各樣的活動，政治、消費種種行為都可以炒作，簡單地說，大眾可以被洗腦，可以催咒像集體歇斯底里起乩，炒作者一點社會倫理都沒有，還自認為有創意。

母親節、情人節、白色情人節、中國情人節……這個節、那個節，也都是自認為有創意的商人和廣告公司炒作起來的消費節慶。母親節才過沒幾天，尾巴也不見了，涼了，不成為一種懷念，被遺忘了。因為一旦被炒作匯入時尚流行的消費行為，吃喝拉撒，在肚子裡面熬不住一兩天就得拉撒出去了。慈祥溫馨的母親一詞，在這樣的商業行為中，真正母親的味道沒了，留下來的是康乃馨的殘枝、蛋糕的空盒子和一大堆其他的垃圾。

母親，或其他如祖父、祖母、父親、哥哥、姊姊……等等，這些都屬於親等的人裡，絕不是什麼頭銜。在過去，其實現在也應該一樣，凡是人，自然頂上各種不同親等的稱謂之後，他就有其倫理上的職責加在身上；例如父嚴母慈，和其他分工的職責，共同來扶持家庭的生計、供養高堂、養育子女、傳宗接代、延續香火等等。

然而，在所有的親等裡面，特別是母親一職，除了她天生的母愛，為子女犧牲擔待一切，加上封建的陋習重男輕女，又是在長期貧困的農業社會，如果遇到戰亂的話，在這個世界上，沒有一個人會比當一般百姓家的母親，更為千辛萬苦。不管男人是否在家，家裡的田地、雞鴨豬狗、一窩七八個大小的孩子、公公婆婆的脾氣、一天到晚做不完的粗細大小工作等等，還要忍受許許多多不公平的待遇，面對這樣的工作和壓力，是需要多大的能耐啊。

那時的母親，如果沒有那麼大的能耐，要如何把一個殘破貧苦的家庭扶持起來？同樣地，在那苦難的時代，如果沒有擁有那麼大的能耐的母親，遍及社會的話，怎麼能夠把一個即將坍塌下來的社會撐起來？這種例子，在每一場戰爭結束之後，最為明顯；戰後的社會一定蕭條，大部分的男人傷失，整個社會以老弱婦孺為多，但是就因為有了母親這麼樣的一個人，她把家扶持起來，有了母親她們就把社會撐持起來，慢慢加以復元。天下女人撐起半邊天，就是這個意思。

有一位母親現在已經七十六歲了，四十五年前丈夫因為思想的問題成了政治犯，一關就是二十六年。當時的政治犯家庭，再好的親戚朋友，一下子都不敢來往。這位母親一時陷入絕境，上有公公婆婆，下有六個子女，原來的家境就不怎麼好。簡單地說，二十六年後，丈夫關出來了。太太是老了，比實際年齡老得多，反而丈夫顯得年輕，看起來就像她的弟弟。丈夫回來就有一個分期付款買來的新家，兩個兒子都大學畢業，女兒也都受了很好的教育，都已經在社會上工作。我要說的是，要是當時被關的人是母親的話，這個家將會變成怎麼樣呢？那故事的結局，就很有想像的空間了。這裡要順便提到的是，政治監牢對有些人而言，就像烤麵包爐，被關的人像烤前的麵包胚，等它一烤出爐就膨脹起來。這位丈夫，後來還以懷疑的口氣問這位吃盡辛苦的太太，說這些錢怎麼來的？說明了還窮追直問，多少年來這位母親暗地裡流過不少淚，但是唯一一次的號啕大哭，就屬這一次莫大的受辱。

比起現在，以前苦難和貧苦的年代，母親的形象是何等地鮮明，一提起母親一詞就讓人打心底深處感到溫暖。因為偉大的母性是被考驗出來的。如果我們的社會仍然有母親，但是大多數的母親卻已失去母性的話，這也是我們社會的危機。不知怎麼地，我們隱隱約約看到不少年輕的母親，她的母性喪失了，反而我們在社會的小角落裡，還可以看到具有母性的母親，把殘破的家使勁地扶持起來。再見吧！母親節。

原載二〇〇六年五月十八日《自由時報・自由副刊》

# 吞食動詞的怪獸

怕也來不及了，吞食動詞的怪獸早已出現，並且公然在大庭廣眾的面前，將年輕一代的動詞吞食泰半了。有人不信，回去翻家裡的大小字典、詞典，原有的字和動詞一點不缺，一撇不少，好端端地在字序中沉睡罷了，何以危言？

沒錯，如果我們知道有「行屍走肉」這種徒有其表的現象的話，說那些動詞在熟睡也好，事實上它們大部分都已經只剩軀殼，不見它們的魂魄和行動。不信翻開字典，隨手撿幾個刀邊的字，就算是老夫子，也未必見得認識它們，或是在寫文章時用過，或是有如此行為行動。例如刖、剕、刵、刌等等。當然，時代不同，在我們的生活中，不必也不需要去拿那些刀器行動。可是另外一大部分的刀邊字，因為我們生活上還需要，才有行為上的認知經驗。所以這些字對我們來說，它們還在，還活著。例如：切、割、削、剝、剖、剃等等。在我們必要敘述一段經驗，尤其用文字呈現時，就有豐富的動態，令人感到生動。

以前我們在鄉下，想要一隻風箏，從想的動機開始，一直到手上牽控一根長線，仰頭望著天空時，看到風箏乘風展翅飄揚的英姿，心裡感到神奇、成就、滿足、幸福，活得很愉快，而小小的心靈，一會兒欣賞那種美妙，一會兒自己也成了美妙的部分。可是成果和過程是一個不可分割的整體，特別是從學習的價值來看。

一開始，我們去找竹子、砍竹子、剖竹子、削竹子；如果用方言來說明，動詞分得更細。然後從剪裁紙張，到糊紙綁線，再把試飛打轉的瘋風箏，修改到不打轉。但是風箏還是飛不上去，而那條線竟然成反拋弧線的垂肚狀。放下來思考之後，發現風箏過重，再想辦法將它減輕，最後風箏才昂揚騰空。我們這樣做，左鄰右舍的小孩也這樣做，其實農曆九月九日重陽節，季節風一來，就如俗諺所言：「九月九，風吹（風箏）滿天哮（鳴叫）。」在這樣的季節裡哪一個小孩不跟風玩？風也一個不漏地和喜歡和它玩的小孩玩得好不快樂。

這樣一套的遊戲，是一套完整的、有機的學習，是多元的學習，他們不只經驗動詞的行為，還有其他的知識，如人際溝通、觸感的成長、工具的拿捏運用等等。在達爾文的「進化論」裡面，人類的進化曾經和其他生物一樣，靠遺傳因子的突變，可是經過幾億年之後，人類的進化與腦部的發展，是經由製造工具、使用工具，促進腦的進化，而後再製造更精細的工具，細微精準的操作，使腦部又更精進發展。就這樣，人類的進化就不怎麼依賴體內遺傳因子緩慢的突變，經人類自身的生活方式與文化，使它成為體外的遺傳因子，不斷飛躍著突變進化下來。

可是，自從資本主義社會化之後，大眾消費社會的形成，人們為求方便，一方面也陷入如此龐大的結構，不能自拔，只有消費，買，除了買還是買。買一隻風箏，那孩子除了得一隻風箏之外，他失掉了多少東西和學習的成長。任何東西和事情，用買即可解決。

「買」字是吞食動詞的怪獸。

原載二〇〇五年六月十九日《自由時報・自由副刊》

# 走！我們消費去

最近幾個月來，工廠裁員，也有不少自認為稍具一點人道的，來一個無薪休假，同樣地讓成千上萬的勞工家庭一下子就陷入生活的困境。人說冤有頭，債有主，事情淪落如此地步，並非公司廠家願意，一切都是景氣差，如果再推上去追究，就是美國的金融風暴所引起的。誰叫我們跟人家全球化；其實所謂的全球化是說好聽，事實上是美國化。事態嚴重到末梢來，這都是美國人惹的天大的禍。

英國首相布萊爾說，這次的大恐慌是世紀的，它跟所有的人都有關係，要怎麼解決這個跟所有的人有關係的問題呢？絕對需要所有的人共同協力來克服。這麼冠冕堂皇的話像大鑼響亮，震耳欲聾，但是生活在臺灣的小老百姓，還不知道怎麼共同協力好，他們只知道讓他們有工作，從工作中掙到合理的酬勞好養家過活。這樣的訴求，不管藍緣，那些政客高高地站在臺上，大聲問臺下聽眾：「對不對？」不管你用臺語或是國語，臺下成千上萬的勞工，加上數倍於他們的家人，一定異口同聲回答：「對——！」

目前很多國家，為了儘量減少受其害，想出種種對策，拯救自國的經濟景氣。我們臺灣政府也不落人後，使出絕招；從出生的嬰兒到奄奄一息的老人，都可以馬上領到三千六百元新臺幣的消費券，這既民主又公平的辦法，就像老天送給每一個人一天二十四小時一樣偉大，特別是國家財政有困難的時候，這樣慷慨犧牲的作為，普遍叫人民感動。怎麼不會？就像一個貧血的人為了別人失血就急，輸血救人啊！有人疑問，那不就是人民百姓的血？這都要怪書讀太多，這有什麼了不起，蜻蜓抓來，把牠的尾巴塞在牠自己的嘴裡，牠還不是吃得津津有味。不要大驚小怪，有總比沒有好。但是……如果以後……。以後，以後再說，現有的三千六百元熱熱的，趁熱消費去，到臺北縣去消費，說不定還可以抽到一部轎車，要是到臺中也有機會抽中一棟洋房啊。什麼？是不是可以和胡志強市長住隔壁？抽到洋房已經不錯了，還想和市長作鄰居？這樣治安比較好呀！有時打打麻將警察也不會來。不要太貪心，抽中了不想要就給我吧。

很抱歉，原來嚴酷又嚴肅的問題，儘說風涼。但是苦到沒轍的時候，還可以苦中做做樂吧。不然要燒炭？這是有違節能減碳的口號。此碳非彼炭。

其實我們要談的是，消費券和生活費是兩碼事，四、五十萬人的失業，成千上萬的勞工走上街頭，絕不是為了消費券，也不是三千六百元的消費券即可解決他們根本的食、衣、住、行和教育及醫療的問題。消費的行為在今天的臺灣已經超出民主必需的消費，而是可有可無的，滿足感官的虛榮行為，難怪各縣市、各行各業，都打扮起來，紛紛向手持消費券的人招手。

原載二〇〇九年一月《九彎十八拐》第廿三期

# 老鷹不老

這裡說的「老鷹不老」，並不是為了這些天來，老鷹成為《人間副刊》的話題，而我卻不堪寂寞，也想插一腳湊熱鬧，向瀕臨絕種的老鷹致最後的敬意，表示不落人後，我也是關心老鷹的人。不是。我這裡說的「老鷹不老」，是說老鷹根本就沒有辦法活到老。這原因很多而繁雜，諸如前面為文的專家學者都提過的；農業的、生態的、食物鏈的、污染的、人為獵殺等等的問題。但是，其中還有另一種原因，在這些天《人間副刊》的老鷹話題中，好像還沒有人做較為深刻的提及。等了幾天，我想再等下去，恐怕話題性的期限一過，以後再談也就沒大家來談，而來得更能引起大家的注意。

臺灣的老鷹和其他的猛禽科大量受害的時間，大概是二十五年前左右，早發生在農藥、生態、食物鏈、污染諸種原因之前。其中，特別是灰面鷲。日本人俗稱灰面鷲叫

「クマタカ（KUMATAKA）」。他們喜歡這種鳥類，牠象徵勇敢、冒險、鵬程萬里、鴻圖大展。那時候時值日本第一期的出國熱，單單臺灣地區，一年就有六、七十萬的日本觀光客湧到。百分之八十以上是男性。他們的行動一致，當他們看中什麼，什麼就有兩個極端的結果顯現；不是興盛，即是遭殃。最明顯的例子，就是北投和灰面鵟。先拿興盛的來說。當時北投特種營業的小姐，天天都和日本人度蜜月。良家婦女組織的什麼會，想從火坑裡面將她們解放出來，但是沒有實際的援助和救援，人家樂在其中，不想自救，什麼會又徒呼奈何？除非能幫那些為國爭取外匯的小姐奧巴桑，找賺更多的錢的工作。其實那是不容易的事。當時一般的經理，也沒賺得比她們多。北投這個小地區經濟，竟因她們的消費而興盛起來。從新北投四五公尺長的商店街，美容院、洋裝店、皮鞋店、化粧品店的林立，以及上兩、三百輛限時專送小姐的機車，他們經常要清火星塞的情形，也就可見一斑了。在此，我不能不說明前面的那句話「人家樂在其中」的「樂」字，不是指我們小姐浸淫自甘墮落。此樂非彼樂，我指的是好賺錢之樂。當時臺灣的生活，還是不是很容易，一般人談不上虛榮。

那麼遭殃的灰面鵟，其災難是怎麼來的呢？日本的觀光客，來臺灣觀光的行程，除了北投，至少還有日月潭和恆春鵝鑾鼻。他們所到之處，常被小販拿著各種各樣的土產品，纏著他們兜售。這些小販大部分是女性，和小孩。女性越年輕越好，讓日本人吃幾口豆腐，東西比較容易成交。兜售的土產品可真是琳瑯滿目，有貝殼類的項鍊、浮雕、純粹的大貝殼。有蝴蝶標本，蝶羽拼圖。有水果，有烤小鳥串。有黑木劍、黑木筷子、黑木飯匙。還有很多，多得不勝枚舉。然而，其中最搶手的是鵝鑾鼻燈塔那裡出售的灰面鷲標本。

原先賣土產的人，並沒有看好牠。因為來源不易，製作專業，並且連著一塊奇木板，一個人只能拿一隻或兩隻。不知哪裡的哪一位中學的博物老師，將手頭上的幾隻標本拿出去試試看，結果日本觀光客一看到灰面鷲的標本，就興奮地叫著說：「啊！KUMATAKA！」這樣的叫聲，一下子就感染了其他的日本人，那個人一買，幾隻在幾個小販手上的標本都被搶光了。這個經驗除了讓賣灰面鷲標本的小販有了信心，也給其他小販們帶來市場的消息。土產又不是什麼智慧財產，天上飛的猛禽又是沒人養的，誰能抓多少就抓多少，沒人管得了。灰面鷲有市場的訊息，從此就給寧靜的恆春半島，帶來大規模的殺戮。

他們傍晚時分，抬頭看著在天空中展翅飛翔的灰面鷲，並且鎖定視線，看牠晚上停在哪一棵大樹，等天黑的時候，捕灰面鷲的人，打手電筒搜尋樹上的獵物。找到之後，他們用最原始的弓箭，對準手電筒的指標，一根接一根地射，在天亮之前，灰面鷲是不會飛離樹梢的。所以再笨的射手，到天亮之前，都有所收穫。經過沒多久，屏東一帶的中學，課外活動組增加了標本剝製組，參加的學生還不少，幾家書店，還特別批極其冷門的書籍；標本製作擺在書架。當時單單恆春就有三個地方，在收購灰面鷲，死活一律一隻十元新臺幣。但是，死的時間不能隔日。不這樣規定，有些被射中的灰面鷲，隔了些天才被撿到，那已經皮不留毛了。

日本的觀光客，在恆春買了灰面鷲的標本之後，往後的旅途，常常為了拿灰面鷲的標本而感到十分不便。他們很快地把這種經驗，告訴接著來臺的觀光客，也告訴小販。日本的觀光客，希望在回日本的當天買到標本。應客人的要求，恆春剝製標本的屠灶，馬上往臺北移師，收購獵殺的範圍，從恆春半島擴及臺東花蓮，後來還包括臺北縣和宜蘭。

那時候臺北的飯店門口，有一種景象，拿著動物標本的小販，密密地圍住坐滿日本人的遊覽巴士，賣灰面鷲。為了競爭，從一隻三百元，降到一隻一百元。灰面鷲沒幾年之後賣光了。原來恆春半島灰面鷲特別多，因為中央山脈到恆春半島時，已變成恐龍的尾巴，到鵝鑾鼻就削到巴士海峽。海拔不高，蛇類特別多。當時美國的海軍醫院，還在鵝鑾鼻附近山丘上，設立一所毒蛇研究所。蛇類多的地方，猛禽也多。蛇是猛禽的食物。不過猛禽沒了，蛇也沒有好日子。那些日本人聽說，蛇膽可以明目，蛇湯可以解毒，蛇鞭可以壯陽。蛇又不見了。各位再想一想，前面提過的幾樣東西；貝殼，四面環海的臺灣，竟然在海灘上見不到貝殼，黑木烏檀樹沒了，特別品種的蝴蝶沒了。

說到這裡，恐怕有些讀者會懷疑，以為我以老鷹之死，借題發揮，把諸多罪過都賴到日本人的頭上。不是的。這裡的現象正好給目前的臺灣提出一個警示，說明由中產階級構成的社會，形成大眾消費經濟的時候，浸淫在物質生活裡的消費，消費即是暴力，它破壞外界，也傷害自己。

原載一九九三年三月廿六日《中國時報．人間副刊》

# 欣賞素養不重要嗎？

所謂「物質」這個東西，它有形有狀，有質有量，樣樣有價可估。那麼「精神」這類東西，它無形無狀，無質無量，樣樣無價可估。

我們的社會，從三、四十年前，急速變遷到今天，由窮困變寬裕。以前缺乏物質的時代靠精神支持，克服不少生活困境，有時依賴精神到極端形式主義的「畫餅充饑」的邊緣，可是到今天大家普遍有消費能力的大眾消費社會，什麼叫做「畫餅充饑」已經少有人知道，大家透過電視、網路，單單糕餅類就有好幾百種不同的口味，並且還知道哪裡去買，哪裡去吃。有時遇到店家生意好到不行，排長長的隊也甘願，如果是遠地還可以託宅急便送到家。至於其他的物質東西，只要有錢，要什麼就有什麼。長時間沉睡在我們心底深處的貪婪怪獸，牠不但被我們外頭消費的喧囂吵醒，我們還把牠當作心裡的寵物膩養，滿足牠貪得無厭的慾望。其實責任不必推卸，我們已和貪婪的物慾畫上等號。也因為如此，我們過分依賴物質生活，精神面的價值也就偏廢了。

社會倘若失去精神價值的支柱，失去精神價值的約制和匡正，大眾的社會行為一味追求物質、爭奪物質，膨脹的自我就時常造成侵占和傷害的犯行。這樣偏頗發展的社會，最顯見的是人文的淪喪，欣賞教育的荒廢。

在先進國家，非常重視欣賞教育。當他們解決了一般國民的民生消費之後，就極力推展文化、藝術方面的美學教育；從小就不斷地教小孩和年輕朋友們欣賞文學、美術、音樂、舞蹈、戲劇、攝影、雕塑和電影之類的藝術。久而久之就成為一般國民之素養。素養是一點一滴不斷累積起來之成長，而不是一蹴可幾。在我們多少具有暴發戶性格的臺灣，還以為有了錢，就可以住洋房、開名車、穿戴名牌、塗抹昂貴的化粧品，就會有品、有氣質。難怪我們國民所得比戰後多了一、兩百倍、在文化教育的消費上，卻一直很難提高。縱然有些文化教育的消費占了點比例，可惜很大的部分是滿足虛榮心，和做為一種物質優越階級的裝飾而已。

我們回憶一下，從小學、中學、高中，有什麼一貫的欣賞教育課程？美術課就是畫圖，學生忘了帶材料或工具就被懲罰。問題是有多少學生會成為畫家？但是所有的學生應該都是生活中美的欣賞者吧。那麼為什麼名畫的介紹、畫家的故事、其他更生動的活動等等，在記憶中是空白的？當然也有少數運氣好的學生碰到難得的美術老師，他們可能遇到。如果文學、音樂藝術在功課表有過的科目都被忽視欣賞的部分，那沒排在功課表的那些就更不用說了。

其實欣賞的教育就是美感教育，美感的教育也是情感的教育，時下的生活現實到失去情感。兩千年前希臘先哲蘇格拉底說人是情感的動物，因此我們一路產生多少文物留給後代。八〇年代，日本的經濟竄起，人變得現實無比，在國際上，所謂的日本人被譏評為經濟動物。事後他們的政府在政策上也把重建文化和重視藝術教育與活動方面，列為工作重點。

不必為我們目前的情況悲觀，只要我們懂得重視精神生活，重視欣賞教育，這些都是必經的過渡期。有益小孩子的藝術活動，大人小孩都應該參加，不要擔心小孩子的東西幼稚，大人無法和小孩共享，真正好的兒童文學、戲劇藝術是老少咸宜，雅俗共賞的。

原載二〇〇八年一月《九彎十八拐》第十七期

# 寂寞的豐收

人類步入工業時代之前，每一個不同的時代，都占據了一段漫長的時間，才慢慢遞變過來。然而從工業時代之後，時代就如三級跳般地跳躍急進，同時幾樣不同的物質革命跳進來，使今天的這個時代，擁有各種各樣的名稱。例如太空、核戰、核能和平用途、電腦、資訊、大眾傳播、商品化、大眾消費的時代等等。當然，從國際、政治、經濟的各個領域去找的話，還有很多不同的時代名稱。

在第三世界的國家，或是開發中的國家，總將農業時代看成自身社會的繭一樣，一直努力想咬破它，讓自己的社會從蛹變成蝴蝶，飛入花花世界的已開發國家群中；縱然變不成蝴蝶，就算是一隻蛾也在所不惜。我們臺灣就是這樣地把農業看成綑綁進步的繭，恨不得更早一點就把農業拋掉。我不知道我們看到前些天的世界新聞，WTO在香港開會的同時，來自世界各地有良心的年輕知識分子，和南韓的農民，他們有計畫和組織地，在場外從武鬥，到抬神轎沿途跪拜祈禱，或是向神請罪，而堅決地抗爭表明保護農業的情形，我們心裡作何感想？請不要忘記，我們臺灣的農業，有天賦的地理環境，比起南韓好得很多。

我們現在除了在獄中絕食抗議的白米炸彈客楊儒門和在外頭支持他的人之外，其他絕大部分的人，是不是已把農業時代，連同農業的一切，拋至遠遠的，讓它成為歷史的名詞？其實，人類不管進入什麼樣的時代，絕對不能沒有農業，並且任何一個原來就有農業歷史的國家，都該有自己的農業；以自己的農產品為糧食的，就是等於一個民族、一個族群吃母乳長大是一樣的。當然，如果從經濟的眼光來看，農業的經濟效益和產值，絕對比不上工業；同樣的單位面積，在運用上，農業的生產只有平面，工業的生產可以立體化；在時效上，農業只能隨大自然的季節耕耘，工業生產可以不分晝夜，不分四季，可在恆溫的條件下，生產又生產。並且臺灣的小農耕作，成本比大規模大面積的耕作高得很多。所以以經濟和金錢來換算的話，臺灣早就應該放棄農業，發展工業。

但是，農業如果用經濟來衡量它的產值的話，這就窄化了農業，並且主張以經濟來看農業的農經專家，未免太近視了。農業原本是人文與生活的教室；想想看幾千年來的農業社會，廣大的人民，從農業生產的環境，累積了多少工作和生活經驗，提升了多少的生產知識和技術，更可貴的是結晶了多麼豐富的智慧，這些智慧不只是指導農業的生產而已，也指導我們做為一個人，如何與天地相處，如何對待人事與物。最淺顯的例子，在過去各行各業的人，從事哪一行業的人，最善良、最老實？當然是農民。農業確實是一種教育，是社會的教育，也是家庭的教育。農家的小孩，可以在家裡學習生產，可以受到大人耕作的精神和態度感染。不是農家的小孩，可以在重視農業的社會中，接觸善良的農民，學習勤勞與負責，小孩的學習不是聽大人講的，是看大人做的。這樣的農業功能，豈能以經濟視之？農業既然是人的教育，為了培養我們健康的下一代，只有盡力而為，怎麼可以打成本的算盤？臺灣曾經有八十萬公頃的水田，一年兩作，高雄以南還有三作的，在亞熱帶的氣候之下，配合豐沛的雨量，種水稻是最適當的地方；如果廢了它，就等於熱帶雨林的木材被伐光是一樣的災難。我們在臺灣這個地方，因為農業的關係，培養出多少的善良百姓。自從我們揚棄農業，進入工商社會之後，那些善良的百姓哪裡去了？新的社會除了替我們賺了前所未有的金錢之外，也大大地提高了犯罪率，還有犯罪的年齡也大大地降低了。

一本叫做《小麻雀、稻草人》的童話書，它的結尾，作者這樣寫著：如果一個夏天，一片遼闊金黃的稻田，竟然聽不見小麻雀快樂的歌聲，也看不見稻草人傻傻的模樣，這將是多麼寂寞的夏天，又是多麼寂寞的豐收啊……

原載二〇〇五年十二月廿二日《自由時報．自由副刊》

# 眉刷刷眉

男女兩性的受授行為被傳統倫理制約的年代，很多人的成長過程，對有關性方面的知識和行為，很多是靠朋友之間以訛傳訛。有時二手、三手傳訛的人，為了刺激而加了不少的料，原來還有一點點根據的成分，結果訛化得很不像話，使原味盡失，大大走了樣。另外還有的就是拘幾則黃色笑話回去，獨自想像、趨入幻想嘗葷，紓解壓抑的苦悶和膠著。這樣的情形，雖說是那一個年代，其實也只不過是三、四十年前的臺灣而已。

話說那時，臺灣的農業社會轉型到工業社會，在那過程中，新的生產形式和技術，與舊的農村數百萬帶著舊觀念和原有價值觀的剩餘人口，隨著國內的移民潮，湧入城市、加工區和其衛星城鄉，成為新舊的重疊，也如文化的肉搏戰似的，在人文方面的一道防線上，代表舊有的隨即陷入慘敗，數百萬由農村到城市的青中年人口，則全數被新觀念俘虜。

以上就是要提及的故事背景：不管是幾百萬的農村剩餘人口，當他們還留在農村的時候，成為族群的一員，他們還是多數的強勢群體。但一旦從各地湧入陌生的都市，管他幾百萬，互相生分不識不親的時候，只剩個人或小家庭，他們就成為少數、弱勢。這種情形在行為上，很快就有了改變，特別是年輕的男女，由鄉村到城裡，雖不像脫韁之馬，至少沒有家鄉那種無形的約束。過去有倫理牽絆的性關係，在城裡暗示著可以注入男歡女愛、略微放縱；當然都由男孩死皮賴臉地主攻，女孩半推半就地棄守。

這樣的經驗，在農村幾乎是不可能的事，一到城裡成為事實的卻愈來愈多，愈來愈普遍，但是觀念上還是認同傳統，所以有這樣經驗的青年男女，還是將它藏在所謂私密的領域裡，不為人知，也深怕人知。

有一位失業多時的年輕人，一天到晚在臺北坐公車跑來跑去找工作。當時公車很擠，擠得沒座位的人幾乎就要貼到別人的臉。有一天，他突然無意識地、直覺地發現人的眉毛有玄機——尤其是女人的眉毛。有了這樣的發現，他就開始更深刻地觀察和分析探討。他發現，人一開始的眉毛是整齊的，中間橫向有一條劍脈，小孩子的眉毛最清楚，等到年紀大了，眉毛就亂了，劍脈也不見了，可是有些大人的劍脈還是很清楚，有著一對整整齊齊的眉毛。這樣一來，「大人的眉毛」又能代表什麼呢？年輕人想了好幾天，有一個晚上他忽然跳起來，有了一個結論。他認為，大人的眉毛是否整齊、有無劍脈，代表此人有無性經驗——沒有經驗的就像小孩的眉毛，有經驗的人當然就亂七八糟。

年輕人得到這樣的結論，並非要寫學術論文。他發現了他的未來，他會變成有錢人。他想，他如果把這個結論公諸於世，有多少人會緊張?尤其是女孩子，被人發現未婚就有性經驗的話——注意，這是三、四十年前的臺灣社會——這可非同小可。他積極地去設計一支小眉刷，還附帶一小瓶膠水和一枚小鏡子成為一套整眉包裝，品名叫做「整梅」。他在報上，只登了兩次全一批橫條的廣告，句子是這樣的：「從今天開始，所有的男人都要看女人的眉毛！」在這標題的字下，有兩隻不同的眉毛，一隻有劍脈，一隻亂七八糟；在眉毛底下的文案，說明了兩隻不同的眉毛所吐露的信息。

廣告出現的隔天，雖不至於天下大亂，但是確實有了一陣子的騷動。它的話題性強，女孩子使用了「整梅」還是不敢正視男生，原來眉毛整齊的女生，也怕男生懷疑她是使用「整梅」。總而言之，那一位失業的年輕人，沒多久，反過來是別人來找他要工作。

對不起，這是我有關市場行銷小說的筆記，先拿出來玩玩。因為前幾篇的〈九彎十八拐〉太嚴肅了。

原載二〇〇六年七月廿七日《自由時報・自由副刊》

# 玻璃家庭

除了玻璃本身以外，凡是易碎的東西都以玻璃來做比喻。這裡所謂的「玻璃家庭」也是指容易破碎的家庭。很多人都有這樣的經驗，總覺得今天的家庭，比起過去農業社會的家庭，容易破碎。套一句俗話說，現在的家庭像擤鼻涕糊似的，碰都不能碰。過去的家庭是何等的顛簸啊！稍年長的人，五年級以上的人，他們如果是在鄉下農村長大的，算是搭到農業社會的車尾，要是他們是在都市、城裡長大的，正好也看到社會在轉型。在這些爺爺奶奶輩的經驗記憶中，他們當時的家庭，共同營居在同一個屋簷下的家族，最起碼也有十二、三個人左右，如果是大家族，三代、四代，乃至於五代同堂，加上兄弟妯娌、姑嫜姪子輩大小，四、五十個人一家族的也為數不少。當時因為農業社會的勞動生產結構需要，如此的家庭結構也就應運而延續下來，所以家庭是社會的最小單位，大結構中的小結構，個人不成為結構，個人也就不是社會小單位。

那時候的小孩，在這樣的家庭環境中成長，他們可以學習大人生產工作的技術和方法，男孩子拿不動大人拿的鋤頭，他們拿小的；大人能掘十下，小孩掘三下、五下，就這樣一邊學習，一邊多多少少也算幫了忙。女孩子也一樣，她們除了學媽媽洗衣服、洗菜、飼養家禽畜生之外，針線女紅也是必需。另方面，在那貧困勤勞節儉的時代，小孩子除了學習大人之外，也浸淫在具有價值觀的文化行為環境中，深受普世價值的感染。那時候，不大不小的小哥哥、小姊姊，在生活和工作上，都算是小大人了，生產的時候都可以派上用場，到田裡和大人一起做活，生活上較不吃重的事，帶小弟弟、小妹妹他們，多少替大人分擔一些責任。那時候家族的人口也很少分離或移動。

記得以前在鄉下的小火車站，如果看火車還沒來之前，車站擠滿了人，等火車來了，又走了，車站還是那麼多人。

原來他們是來送一個離鄉遠去的人，他們是家族的人、親戚朋友、鄰居等等。

不管什麼因由，離鄉背井是一件重大的事。回鄉的事也一樣，那個時候，小鄉下的車站，送迎的人總是比上、下車的人多得多。那時候的小車站，用檜木將月臺和送迎的人隔開的木柵，特別是最上面的橫桿，蒙一層優雅的烏黑油亮；那不是什麼特別桐漆，而是來送行的人的汗水、鼻涕和眼淚，經過長期塗抹形成的。

家族就是那麼難於分離，那股力量，家庭就是搖籃，是養身修心的學校，是療傷避難的堡壘，是婚喪喜慶的大禮堂，是家族共生、使文化綿延的地方，難怪漢人的家庭觀念，家庭意識重於國家。在歷史上，做為一國的臣民國家沒怎麼保護過他們，大部分都欺凌百姓。所以老百姓最高興的是「天高皇帝遠」，只要有個家庭，組成小農社會的生命共同體，那就是大同世界了，難怪中國的封建與官僚制度的惡習，能夠綿延一、兩千年，就是因為廣大的百姓只顧家，管他皇帝怎麼的。

家庭的力量真不可忽視。中國八年的抗戰，百姓逃難流離失所，死傷兩、三千萬人，八年的負成長，勝利後，復員回到農村重振破碎的家，三年後就復元，這是家的社會功能最有力的見證。

戰敗國的日本也是如此，當時貧困的臺灣也不例外。家是不容易顛破的，也不能破。

反觀我們今天的家庭。自從社會轉型之後，農村的剩餘勞力人口，移居到工業區、都市的衛星城鄉，年輕人在此組織兩代同堂的雙薪家庭；大部分這樣小家庭的人口，不超過六個，以四五個為多，只要一個大人有意外發生，或分離，或失業，這樣的家庭就破碎。小孩子的成長更不堪想像。整個家庭教育的環境已不存在了。許多家長以為小孩送到幼稚園或委託安親班就是盡了責任。其實，這兩個園地畢竟不是家庭，它絕對沒有辦法承擔絲毫的家庭功能，更何況被商品化之後的問題重重。

再怎麼說，家庭是小孩子的搖籃，經過搖籃長大的小孩，才懂得什麼叫做幸福，不然他們以為只要有錢花才叫幸福。

如果真是如此，我們的未來你可以想像嗎？

原載二〇〇五年十二月八日《自由時報・自由副刊》

# 飯桌上的對話

今天〈飯桌上的對話〉想跟大家談一個現象、一個改變。人老了，有足夠的生命時間，將它分為兩個階段：一是從前，一是現在。年輕人活得起勁，只有向前，所以沒有回頭的毛病，也沒有顧慮。就拿飯桌上的對話來說吧，記得三十多年前，臺灣正在轉型，算是踏入現代生活。當時除了流行一句生活運動的口號「你丟我撿」，還有另一句「爸爸回家吃晚飯」。特別是大臺北地區，它叫起來比別的城鄉地區，更為實際貼切。這句口號在當時的我聽起來，就像是我的家人在呼喚我一樣，讓我覺得十分不安。

當時我住北投，人在臺北市內上班，特別是上、下班的時間，整個臺北市的交通就像患了習慣性的便祕，交而難通，逼得所有上班的人都得早出晚歸。我們早上雖七點就出門，早餐在家裡用；晚飯，我們回到家差不多都在八點以後，尤其在廣告公司工作，下班的時間、晚歸的彈性就很大，回到家，兩個小孩早已經睡覺了。這樣的情形，很多上班的爸爸也都是如此這般，要不然也用不著用口號、透過種種媒體撒網溫柔呼喚，粗聲吆喝——同時，還得有一個媽媽留在家裡帶小孩燒飯，成了深宮怨婦。

然而，這句「爸爸回家吃晚飯」的口號很短命，好像叫了沒多久就無聲無息了，倒不是被新口號「三民主義統一中國」所取代，而是爸爸未能回家吃晚飯的事實，並不是因為爸爸不乖、不聽叫喚；誠然有些爸爸是不乖，跑去跟別人吃晚飯，那畢竟是少數。大多數的爸爸是因為大環境的結構，和生活形式的改變使然。

往後臺灣由於發展經濟，輕農重商，逼使農村的剩餘勞力湧入都市、工業區，組成兩代同堂的小家庭，為了維持生活不易的都市生活，婦女也紛紛參加就業，走進工廠、辦公室，擺脫廚房的黃臉婆和深宮怨婦的桎梏，樂得擁有部分的經濟自主權，又可以穿新衣戴新帽，何樂而不為？一方面外食產業普遍發展，速食、冷凍食品、酸甜苦辣，要什麼有什麼，家裡的廚房冷卻，飯桌底下的德國蟑螂搬家，因為飯桌大部分的時間都空下來了，沒什麼油腥可撈。

這種現象給我們帶來什麼樣的後果呢？真是罄竹難書；希望沒用錯成語。

首先我們過去家庭餐桌上的飯菜，就代表著我們自己的文化，因為普遍的外食，我們卻忘了自己的口味，連做法也荒廢。以前一家人圍在飯桌上吃飯，大人可以教小孩子生活的規矩，例如吃飯不要玩、小心掉東西、把飯扒乾淨、不要偏食、口裡有東西不要講話。大人和小孩子一起吃飯時，還可以觀察小孩子的健康情形。

隨著季節，小孩子可以從飯桌上認識各種各樣的蔬果和魚貝類。小孩可以在飯桌上聽到大人談到有關家裡的、外頭的種種事情，在聽話的過程，同時也可以學到本土的語言以增加語彙、認識本土的風俗習慣，甚至於宗教祭拜，明白外頭民生用品的物價，聽到社會性的話題……等等，太豐富了。

然而，現在的家庭，一對夫妻上班、小孩子上學，早餐爸爸一杯咖啡兩片土司夾火腿，媽媽喝減肥綜合什麼汁，小孩說要到早餐店吃鬆餅，總而言之，各吃各的，中午不可能回家吃飯，晚餐累死了，回家順便到便利商店，或是大賣場買現成的一些東西，回到家一邊看電視，一邊吃東西。大概就是這樣的情形，也就是說一般家庭，已經漸漸地失掉飯桌上的對話了，已經在同一個屋簷下，不吃同一鍋飯了。

應知飯桌上的對話，是很實際而生動的生活教學課程，失去了它，連親情也將趨淡。尤其小孩子的人格成長都受到影響。

原載二〇〇六年九月七日《自由時報・自由副刊》

# 塞怕了沒？

今天通訊發達到隨時隨地——站著、坐著或是躺著，任何姿勢都可以互通訊息。可是年節一到，不只每逢佳節倍思親，還要衣錦驅車趕回家鄉團圓，拜神拜祖，參加各種各樣的傳統慶典活動，還有少不了大吃大喝地好不幸福。除了這些成為臺灣過年過節的共同特色之外，塞車一事不能不算。

每逢過年過節，很少人沒經驗過塞車的痛苦。開車的人固然痛苦，搭車的老少婦孺，雖不用時時刻刻鎖住前車的距離，不必扶方向盤來分散痛苦，但比開車的人更無聊也説不定。要是我，寧願開車，也不願搭坐在右側或是呆在後座。小孩動輒讓開車人覺得煩，或是挨罵，大人也不好過，互憋悶氣，各僵在那裡。

實在塞得太久了。不過這種事不是在比痛苦級數，誰不痛苦無奈？塞車是過年過節的現象，也是過年過節必須付出的代價吧。看它年年如此，大家似乎已經默認塞車是值得的了。不然為何一塞再塞，不樂也不疲？這幾年來，有關單位一直努力研究良策，無奈車輛數量日增，有策不及，照塞不誤。要是哪一次年節，對方對準幾處重要的交流道，放幾顆飛彈過來的話，所有的高速公路豈不變成兩百六十萬輛汽車的停車場？而銜接的公路，也因為高速公路癱瘓、交流道之不能交流，整個地面的交通網就像油壓原理，全網鎖死不動。在對方還沒跟我們開這個大玩笑之前，是否可以找到什麼辦法？另外，電視新聞的觀眾，也可以免看記者問出一些讓你我都覺得，我們都可以當記者的問題。例如：「這樣塞車你會不會覺得很不方便？很痛苦？」（廢話。）「這樣塞車你對政府有什麼話說？」（最好一個人一條路。）這種情形下，好在常常看到小孩子對著攝影機露出天真的笑容，伸出小手比個V字，或叫一聲：「耶！」解開僵滯的鏡頭。

其實時代在變，很多好像不能變的事情也都在變。

好比說年夜飯，已經有不少家庭是在飯店開的。十多年前的飯店，一遇到過年，只有外國旅客小貓兩三隻，現在不同了，國內多少家庭利用飯店團圓，在那裡，除了自家團圓，也和別人的家庭團圓，使團圓的意義更深刻。

從上面的例子來看，過年過節也不一定非得趕回家鄉不可才對。有人說得回去拜公媽、看老人家。當然公媽不能不拜，老人家一定要看，但不只年節看，平時有機會也要看。到了年節之時，公媽可以分爐服侍，老人家也可以反個方向，由他們從鄉下到都市年輕人的家，主持年節禮拜、看子看孫，又可以留幾天在城裡逛大觀園。這麼一來，一遇到年節，年輕人的一家人就不用塞在小鐵皮屋裡，一路塞車塞回鄉下老家；本來是一件很愉快的事，而往往因塞車塞出一肚子比輪胎還要脹的氣。這還算是平安到達，等到回程時，老人家的心還得一直掛到年輕一家回到工作地方掛電話報平安。

這樣的想法還是需要有關單位策動。到了年節，當然不能反對舉家驅車回鄉，同時，要是有老年人，六十五歲以上的，他們願意上京和年輕人過節的話，在一定的期間，搭政府的公共交通工具如火車之類，一律免費。試想一下，除了清明節祖墳搬不動，其他的年節，一定會少掉一半以上的交通壓力。何樂而不為？

原載二〇〇六年二月廿三日《自由時報．自由副刊》

# 高速公路變奏曲

柴可夫斯基洛可可變奏曲，優雅多姿。莫札特小星星變奏曲，活潑可愛。我們中山一號高速公路變奏曲又如何？

一位友人多年沒回來，最近上高速公路，從北到南沿途讚不絕口，大大讚美高速公路兩旁，綠化工作做得頂呱呱；花草樹木長得健壯又青綠。據說美國有些高速公路路段，還用塑膠假樹，就算是真樹木，也沒有我們綠油油而顯得有生機。從這裡來看，我們也有只有我們能、別人不能之處。這位友人說，要不是政府大有為，怎麼能夠辦得到？民進黨只是旗子綠，要他們管理高速公路，可不一定辦得到吧。

這位友人很快就要回綠卡原鄉，我不想和他認真，只好點點頭笑笑。我怎麼好意思說真話告半個洋狀，說那是因為高速公路經常塞車，車裡的人尿急憋不住，沿途下來放尿，而使兩旁草木意外得到恩賜。當然，這僅男性尿液。高速公路上遇到塞車尿急的女性，只好發揮忍功潛能，在車裡多做做咬牙切齒、皺眉咧嘴的動作。是的，這是不雅觀的。要雅觀就得選擇尿在衣物、尿在車子裡。女性向來意志力和忍耐力比男性強，最後都一致選擇咬牙切齒，皺眉咧嘴運功憋尿。難怪某衛生單位發現，最近幾年膀胱炎的病例，女性超出男性二點六倍。賣紙尿褲的商人腦筋動得快，他們的廣告訴求的重點，已不放在老年失禁，轉移目標，針對上高速公路的女性，打出商品賣點口號：「高高興興上高速公路，輕輕鬆鬆回家。」圖片表現是：大塞車做背景，一位美女坐在車裡，談笑自如。這個商品一盛行，有一句諺語：「瞎子吃湯圓，心裡有數」，也勢被「女人穿安安，心裡明白」這一句新諺取代。

說到此，有個插曲不能不提。前不久縣市長選舉時，有一則轟動臺灣之犀牛皮移植臉皮事件，現在其當事人正潛心研究「純男性尿液對單子葉植物與雙子葉植物成長影響」。中山一號高速公路兩旁的花草樹木，正是他研究統計的對象。為了研究對象條件因素的純度，沿途兩旁草木內，豎有白底紅字警示牌，上面寫著：「女性請勿在此小便」。這位南加大出身的學者，誠不知女性之堅強與尊嚴。也罷。

通常高速公路遇到年節或長假，一定塞。去年元旦假日，高速公路擠上一百三十萬輛大小的車子，從南到北，前前後後動彈不得，因此有人管叫高速公路「停車場」，是世界獨一無二的。高速公路一塞車，交流道也塞，通往交流道之幹線也塞，就像油壓原理整個都鎖住了。幾年來開車上高速公路的經驗，叫人已習慣無可奈何；再怎麼大的洪水，總是有退水的時候。但是，如果有一次像我作夢夢見的那樣，大陸的空降部隊，空降臺北臨近高爾夫球場，直逼臺北時，我們湖口的國軍裝甲部隊出動救援，結果遇到高速公路塞車，部隊用裝甲推土機開路，結果推不到幾百公尺，車子沒地方推，一部分裝甲車陷在高速公路上，有一部分得知情報，轉向幹道，情況好不到哪裡，我十分焦急，冒了一身冷汗醒過來了。好在是一場夢。不過將這夢境放在現實來看，敵人選擇高速公路大塞車，分幾個城市來進襲的話，我們沒有戰備道路，營區部隊無法救援時，就說我們擁有精良的武器，即可防衛或擊退敵人？下次跟對方談判，要求對方不能在高速公路塞車時偷襲我們。要打嘛，先禮後兵，先打個招呼。

高速公路還有一個經常塞車最主要的原因，那就是車禍。不知在幾十公里外發生的小車禍，後頭一等就是好幾個鐘頭，大車禍那更不用說。碰到這種情形，沒有想像力的人，就是打開收音機聽聽，有什麼零嘴，拿出來騙騙無聊。經常在高速公路跑上跑下的卡車司機，他們早就有應變辦法；你塞車，我擲骰子。有一次我遇到大塞車，下車小便回來，看到就近卡車底下，有幾個人圍蹲在那裡。走近看個究竟，原來是在擲骰子。看了一陣子，才知道他們都互不相識，都是開車上來被困住的。我也跟他們擲起來了。時間過了兩三個小時，路可以動了，大家還依依不捨，好像有一點怪怎麼不塞車了。後來問卡車司機，他說很多人跟他一樣，隨車帶一只碗公和一把骰子，碰到塞車就可以打發時間。賭友沿途不缺，只要骰子一擲響，五路人馬都會聚過來。這位司機說，擲骰子不稀奇，高速公路塞車處，還有人打麻將。他說有一次有一部搬家的車子，碰到塞車，車上正好有一副麻將牌，還有一套標準麻將桌，可惜車上找不到空位擺桌子。最後找到這位卡車司機，正好卡車是空車，他們把桌子擺在卡車上，一呼來了兩個不同車的人，就這樣在高速公路打起麻將來，結果陸續來一些看熱鬧的人，還紛紛插花。據說他們足足打了兩圈的北風北。

有一次我開車牌號碼頭兩個英文字「ET」準備上高速公路，我在街上轉，找交流道的時候，發現前前後後有幾部機車車牌號碼頭三個英文字「KGB」、「CIA」、「FBI」在跟蹤我、包抄我。我驚慌地開上高速公路，甩開了「KGB」、「CIA」、「FBI」之後，心有餘悸，油門踩得緊，車子急速往前跑。心想冷戰對立真的解凍了，蘇聯的「KGB」和美國的「CIA」、「FBI」都合作起來了。想著想著，突然我的「ET」後頭砰地響了一聲，下車一看，是一部「UF」字頭的車子追撞我。這個幽浮「UF」也真怪，他跟我「ET」常在太空急速擦肩，都不曾發生過擦撞，地球上高速公路的速度算老幾，他竟撞著了。我們稍有議論，說著說著，後面有一部車又撞上來了。看清楚之後，原來這一部是「XO」字頭的。開車不喝酒，喝酒不開車的道德都不知道。我們正在責備「XO」車主的時候，有一部緊急煞車的車子又撞上了「XO」，「XO」再撞「UF」，「UF」竟然騎上我的「ET」。看清這部煞不住車的車號，才知道原來是「NG」兩千多號。也真是的，既然有兩千多次的NO GOOD的車就不該開出來，更不該開上高速公路。說時遲，那時快，又撞上來一部，是一位小姐開的「MC」字頭的車子。他們說小姐嚇得臉無血色。那還用說，「MC」來了還有血色那還得了。我說快把三角牌豎起來，要不然「WC」、「YG」等等都會堆上來。

最後談到高速公路與消費者的關係。使用高速公路是需要付錢的，它是有一定的價格、一定的收費。通常消費者和商品，包括服務業的服務商品化，都有權利與義務。例如我們消費者買到有雜質的臺灣啤酒時，對方要讓消費者退換，或是退錢。如果吃壞了肚子，還得負責醫療。看電影，放映有了問題，可以退票。其他商品，品質有變化、過期等等，對消費者都該有交代。惟獨高速公路，不管它的品質發生什麼問題，只要你一上路就得繳費。平時所謂的高速公路，開車的車速不能低於六十公里，高不能超過九十公里，違者還要罰，有些情形還得上交通課。但是它常常使我們只能開二十公里的速度，也照樣收費。車子一開上高速公路，才是人在江湖，身不由己；不塞車，該謝天謝地，塞車，繳費，休息站的東西貴，要就不買，要買就不要講話，由不得我們如何。最後出了高速公路，總是有一種莫名的快感，不然縱然只剩一公里，要是前面有狀況，那只有等啊等啊等。

莫札特的小星星變奏曲是屬於古典主義的，柴可夫斯基的洛可可變奏曲是屬於浪漫主義的，我們中山一號的高速公路變奏曲是屬於後現代的，我們不需要活潑可愛，也不需要優雅多姿。我們自有豐富雜生。

原載一九九四年二月《皇冠》第四八〇期

# 臉上的風景

四年前，去給老友尉天驄的姑媽尉素秋教授探病，老人家躺在床上握著我的手，仔細地看著我，我以為她沒聽清楚我的自我介紹，想要再報一次名的時候，她說：「春明的臉上有風景。」那時我也年近七十了，活這麼大把年紀，我不曾聽過有人對我的臉有這樣的形容，就算聽別人說其他人的臉，或是在閱讀的經驗裡，也沒有看過對一個人的臉有這樣的形容。除了驚異之外，心裡也是舒服的。風景這一名詞，不帶形容詞的時候，多少還是令人覺得有一點正面的形容在裡面。何況尉教授是當代著名的漢學家，特別對古詩詞有專究，她的用詞遣字，一定是在水準之上。我如獲珍貴的墨寶，可惜我們沒能多談，我也不敢多問，何謂臉上的風景？時至今天，我還是不知道這是什麼意思，只憑感覺把它留在美好的記憶裡。

其實，我們《文學季刊》的朋友，認識尉素秋教授也有三、四十年了，但是沒見過幾次面，且見面的時候是一夥人，大家在老人家威望之前，就算是善於交際的人，也不敢隨便講話，差不多都是她的姪兒天驄在搭話線，聊上幾句。我們好像也不曾一起用過餐，記得那僅有幾次的謀面，時間都不是很長。單憑這樣的機會，要老人家記住我們，不是一件容易的事。不過據天驄兄說，姑媽每一期的《文學季刊》她都看。她對我、對其他人，就是這樣有了印象。多虧尉姑媽的厚愛，在民國五十五年，她拿出六萬元讓尉天驄辦《文學季刊》，收養了一批文字青年流浪漢，耕耘一塊文學園地；要說風景的話，他們在六、七〇年代，確實在臺灣開拓了一片文學的風景。要不是尉素秋教授拿出當時可以買到一棟平頂二樓透天厝的六萬元，就不會有《文學季刊》，而我也不會認識影響我的文學前輩和朋友，讓我受到莫大的鼓勵，繼而走上文學創作這一條路吧。

扯這麼多，還是沒談到臉上的風景指的是什麼？我也不知道。問尉姑媽嗎？她老人家已仙逝了。前些日子刮鬍鬚時刮破了皮，因此比平時更仔細地看鏡子凝視自己。就在這時候，突然想到尉教授説我臉上有風景的事來。自己左看右看，貼近看，退遠看，怎麼看都找不到風景，只讓自己深刻地意識到自己老了很多，心裡多了一份悵然。如果這個時候的一張臉見了尉姑媽，她是不是還會說我的臉上有風景？不會吧。因為我再怎麼看，還是看不出什麼風景，一張平平凡凡的大眾臉，叫人看了不怎麼討厭就阿彌陀佛了。那麼臉上的風景會不會指的是表情？我也不可能知道，四年前去探病的時候是怎麼樣的一副表情，除非有照片為證。這確實是難題，令我百思不解。我們去探病的那一天，幾個人的心情和臉上的表情，差不多都一樣吧。為何我與其他人有別？且一個人的臉豈能蔚為風景？人的有些記憶可下意識去撈，有些你並不想撈它，它卻時常自動地漂浮上來。最近常因洗臉照鏡子，就想到臉上的風景，也有幾次是我搭火車發呆的時候想起的。我沒有尉教授的境界，無法去了解一個人的臉上風景所指為何；可是我想啊想的，竟想到幾年前，SARS入侵臺北的情形；特別是上下班的時間，看到車站的人潮，個個臉上的表情嚴霜重重。當時我曾建議一家食品公司，要他們普遍分發有各種圖案、文字的口罩，例如印一張咧口笑的大嘴巴、撮口欲吻的嘴唇，而文字就橫寫著「你好嗎？」、「HELLO!」……之類，叫人戴在臉上，任誰見了都會化解臉上的嚴霜，露出會心微笑的笑眼，成為一片溫馨的風景。這對該公司的廣告效果、對大眾都是一件好事，可惜沒被採納。

如果社會大眾臉上的表情能形成一片風景的話，我如是忖量，那麼我們目前所處的臺灣社會，到底是什麼樣的風景呢？冷靜的人要他和成一塊，當然不願意，逃離嘛又不容易，哪一天我們才能看到臺灣一片祥和的風景啊。

原載二〇〇六年十月廿六日《自由時報‧自由副刊》

# 照鏡子

鏡子不一定是玻璃的另一面塗上水銀加框的東西；平靜的水面、過山洞的車窗、不鏽鋼的平面等等，也都有同樣的功能可照人。不過這些只照人的顏面，或是著裝的外表。要是能照到一個人的內心，那將是何等神奇？可是這對許多人而言，特別是在今天的臺灣社會裡面的人，他們覺得不必要，也不敢面對，有時還刻意逃避。這麼說來，在我們的現實社會裡，確實存在著可照到內心之類的魔鏡囉。

沒錯，這種鏡子有大到可以照映一個民族、一個時代、一個社會，小者可以讓個人面對自己。老生不是最愛說嗎？歷史是一面鏡子，哪一個民族，凡是忘了歷史的教訓，歷史總是不會忘記，提供他們再做複習的機會。這話中的「忘了歷史」，這個「忘了」一詞，表示這個民族曾經經驗，也知道了。這不就證明，確實有一面這麼大的鏡子存在？

小者，在個人的生活中，常因旁人的反應，即刻取消或改變了下意識的動機，或是從無意識的行為醒過來；如同我們平時照鏡子，看到臉上有一處小污垢，馬上把它擦拭掉。

有一個著名而有趣的實驗，如果它也是一面鏡子的話，不知裡面將映出什麼樣的東西來？一九〇四年發表制約反射理論的俄國學者巴夫洛夫（Ivan Pavlov, 1849-1936），曾榮獲諾貝爾醫學獎，他的理論來自一套出名的實驗。他把一隻狗的腹腔開一個口，將一根細橡皮管插入狗的胃囊，讓一端外露，以這樣來觀察餵狗時，狗的內外反應。

巴夫洛夫在餵狗之前，間隔了兩個動作的短暫時間，給狗做為心理學上的所謂刺激；前者搖手鈴，後者亮狗食。起先狗對搖鈴的鈴聲沒什麼反應，時隔片刻，對狗亮一下狗食。這個刺激就如一般人想像得到的：狗興奮蹦跳搖尾，而露在腹腔外的橡皮管子，卻看到胃裡分泌出來的胃液，一直往外流出。這證明鈴聲與狗食不相干。

但是巴夫洛夫把兩者不相干的事物，只在餵食時，把搖鈴和給食的時間前後拉近；搖鈴後馬上給食物，這樣經過幾次之後，狗只要聽到鈴聲的刺激，就興奮得如同得到食物，內外都有反應。在反應上，鈴聲可以取代狗食。這樣的現象，巴夫洛夫提出一個名詞叫「制約反射」。這種行為的交替反應和反射條件，我們老百姓也知道，就是望梅止渴。

然而這種實驗再經過行為主義學派發展下去，就來到詭異的殿堂了。延伸上述的實驗，用電擊來取代搖鈴，其後果就變得相當戲劇性。狗受電擊，當然痛苦不堪，掖著尾巴邊叫邊逃離現場。但是狗被餓狂了，牠知道只有電擊那裡才有食物，所以牠一次一次冒著痛苦來獲得食物，這麼一來久而久之，當餓狗受到食前的電擊，竟然也能夠將受苦的痛苦情緒改變成愉快的、快樂的興奮情緒。更可怕的是，電擊的電壓，可以升到二百伏特以上；甚至於狗被擊倒在地上顫動時，還可以看見胃分泌的外溢。巴夫洛夫的狗只為本能的需求，接受制約改變了反應。而人在物慾的貪婪之驅動下為了滿足，甚至於以幻想幻覺，想來添滿慾望，扭曲原來還帶有一顆溫暖的心的人。

難怪行為主義大師史金納（B. F. Skinner, 1904-1990）一派的人，認為人的行為是可以制約成一個烏托邦（行為主義的烏托邦），如歐威爾（George Orwell, 1903-1950）的小說《一九八四》。這樣的一面鏡子，目前只顧自己的臺灣人，先不要談桃花源，是不是該先看到我們自己？

原載二〇〇五年七月卅一日《自由時報·自由副刊》

# 人鼠之間

最近經常從新聞消息看到叫人難過不已的虐童殺嬰事件，引起筆者想到十多年前，所看過的一本有關老鼠之害與生態關係的日文書籍，時間久了一時找不到書，正確的書名和作者的姓名也無法交代，難免有些遺憾。

不過提起此事，重點並不是要介紹書和作者，而是在那一本有關老鼠的書中，提到一些老鼠的生活和行為的現象，拿來解釋目前一些人的行為，甚至於包括社會的集體行為現象，都有諸多的吻合與類同的地方，實在令人驚訝咋舌。

檢視食物與生殖環境的條件，高等動物都約略以特定的數目為群，也算是較簡單的社會組織吧。這種組織要以多少數目、口數為群，各種動物不同，有時同類的動物，在不同的地域環境，也有不同的組群數目；猩猩、猴子、野狼和老鼠等等都是如此。這樣的群，有的在固定的活動範圍內生活，有的是在一個更大的區域內，隨著季節，隨著食物的有無移動。有時候這個群的社會口數過多了，也會一分為二，甚至看環境的情形無法分裂時，還會發生同類殘殺的行為，以維持生存環境的平衡。更微妙的是，內在的控制機制上，在這口數暴漲的危機關口，母性的生殖荷爾蒙激動素之類的內分泌停止，停經不排卵。這時倘若不識相的公獸還妄想春宵，甚至纏得厲害時，便會受到母獸嚴重的殺傷做為教訓，公的還以為她變心變臉變得快。另一方面，同時間過多的幼獸出生時，也會殺害牠們。可是群的口數稀少時，母獸會變得騷包，挑逗在她看來有優生條件的公獸，除了自動獻身，也對出生的幼獸看得比自己的生命還要寶貴；如有侵害者入侵，母獸為了保護下一代，犧牲自己的性命也不惜。如上所述的諸種內外行為都是母獸在主宰；老鼠就是這樣。

一般的老鼠，就是住在我們家的同居者的老鼠，公的從出生後二十五天到六十天，牠的性發育已經成熟可交配，平均而言三十五天到四十天就有生殖力了。母鼠約三十五天到五十天，再晚大概九十天就發情。這種早晚的日數差，常常受牠們的生活環境條件所支配，自動進入性行為的生殖要求。更厲害的是，母鼠生出幼鼠的當天就可以再交配受孕。母的一個月一胎，平均一胎八隻；這八隻再不到兩個月又要生產。這種生產是等比級數的躍進，所以牠們頻繁地面對群的口數平衡，行使分群、殺嬰、保育的行為。表面上看來似乎是母的在掌控平衡的基數；其實，在基因裡面早就輸入自然界的律則，做為生存在大自然的生態中的行為文法，絕不是母獸的下意識。多了就要減，少了就得增；以這樣的基本要求來維持種的延續。

人是所有動物中，生理器官和組織最綿密、功能最完美而整體的。這種欲與環境取得平衡的要求，一定也比其他的動物更為嚴格才對。

可是人除了受體內遺傳因子左右之外，由於大腦的發達，造設種種後天的遺傳因子，如文化之類的所謂文明，甩開基因所要求的平衡。以愛來相容，以禮來相讓的社會倫理，藉社會力量約束侵犯行為，更以自律來維護尊嚴與人格。可是，這整個人類史發展出來的東西，到頭來我們還是在今天的社會中，因為人多到許多婦女不孕、不婚，類似殺嬰的墮胎，不善養育幼小等等——就把這些都推給基因惹的禍吧。

但虐童這一種心態，卻是從自我形成的，與基因無關。老鼠殺嬰，一口咬死，我們人虐殺兒童，在凌虐的過程中，小孩的哀嚎慘叫，與屍體遍布傷痕，竟然都沒經過那些人的耳目？人不如鼠！

原載二〇〇五年八月十四日《自由時報．自由副刊》

# 時時刻刻

兩年前，兩位中年阿姨級的姊妹，週日相約逛臺北市建國南路的花市時，被一個攤位上兩盆盛開的九重葛，吸引駐足觀賞。在閒聊間，賣花的老闆聽出她們是嫁出門的姊妹，於是就慫恿她們說：這兩盆九重葛和你們兩個一樣，都是同一株母樹分枝養大的，它們也是一對好姊妹。看！這少見的粉紫色的花，開得和你們一樣漂亮又有氣質……知道嗎?只有這兩盆，要是被別人分別買走了，我是會為它們覺得孤單，要是賣給你們我就安心。……不要看我們是賣花的人，我們賣花的人，養花像養一群女兒，賣花就像嫁女兒一樣，心也跟著……

兩位老姊妹原來只是抱著來逛花園的心情，出來透透氣，見了這少見花色的九重葛時，也沒什麼強烈的購買慾。但毫無防備地聽了老闆的一番話之後，一下子就決定各抱一盆回家了。老闆很像一回事地做了日後該怎麼澆水施肥的一些叮嚀。然而這種臨床的經驗，透過語言，只是一堆殘缺的知識，且還經過聽者接受的差異；兩年後，原來一模一樣的九重葛，都發生很不同的變化。

抱回姊姊家的九重葛，經過一段時日凋謝之後，兩年來經她細心照顧的結果，只見枝葉茂盛，綠意盎然，花兒卻一朵也不曾見過。她覺得十分挫敗。老闆交代的水、肥料——她還記得老闆說最好是雞屎肥，她也照施了。陽光，本來就擺在外頭日照不缺的。甚至於出國旅遊，還掛過電話交代家人照料。

另外一邊，妹妹家一盆，它後來雖然沒有像買回來時，開得全是花而不見一片綠葉，可是花期一到，也開了不少花。當姊姊的還以為妹妹懂得照顧，在請教之下，才知道妹妹小生意忙，常疏於照顧，有時大熱天又忘了幾天沒澆水，讓樹葉掉得精光。這話讓姊姊聽起來覺得十分不可思議，有一度還以為妹妹曾經向她招會不從，而挾怨不教做為報復。還好，妹妹主動把自己家已開著花的九重葛，抱過去和她交換，才消弭了心裡的猜忌。

當然，照顧任何有生命的東西，是要有方法的，除非他們長在原來生長的自然環境中，不受干擾和生存環境的改變。這麼說來，妹妹家疏於照顧的九重葛，它開花的現象又怎麼解釋？其實，任何生物的生存，最基本的意義或是使命，那即是我們人所謂的傳宗接代；把子孫繁衍。對其他物種而言，就是要把種延續下去，要繁殖。這個使命只有人類認為它是種族族群的倫理義務和行為？非也。凡是生物，它的體內遺傳因子的基因，就有這樣的設定。由這樣的機能，它還衍生種種本能，例如怕死、危機感等等。在大自然的大環境裡面，除了開始有了文明的人類，處處都是危機，時時刻刻都無常，反過來看，這樣的生存環境條件，也就變成其他生物的恆常了。

所以危機感就內化成為本能，時時提心，處處警覺。動物如此，植物也不例外，只是它危機感的顯現，因為不能動，不能跑，但它們一旦遇到生存環境條件失衡，有些種類會提早開花，不但開花，還開得多到有些反常；為什麼？因為怕有辱繁殖的使命。抱歉，為了方便說明，才借用了擬人化的言詞。

至於人類有了文明之後，把先天性的危機感、危機環境，由大自然轉到社會，又慢慢地把潛在危機感，外化成倫理道德的行為。本能的危機感轉到意識層面。例如過去絕大多數的貧苦百姓，勤、勞、節、儉是普世的價值，和爭生存的行為，不勤勞就掙不到餬口的糧食，不節儉省吃儉用存一點預防，萬一，遇到災變災難怎麼辦？

生物的危機感也好，人的危機意識也罷，因為有此，生存的機率大，更有機會生存。過去有一句俗諺說：「為富不過三代。」這不是咒罵富人的話。過去的人從長遠的經驗統計，看了不少的富豪，很多他們的後代，變成了敗家子。最大的原因是這些敗家子，早已喪失危機意識。這是一個家族的不幸。但如果是一個社會普遍喪失危機意識，只懂得怎麼吃、怎麼穿、如何享樂，眼前固然風光，可是能持續如此的生活多久？

時時刻刻都有危機，時時刻刻都必須準備危機的來臨。大自然是人類最好的老師，那一盆枝葉茂盛的九重葛，已經忘了她生存的意義和使命。

原載二〇〇五年九月廿五日《自由時報・自由副刊》

# 擬似環境

一天二十四小時，日出日落，萊亨雞（生蛋雞）隨著大自然的律動和節奏，一天下一個蛋呈現牠的生命。可是在商業社會裡面，養雞業者為了競爭，為了利潤，絞盡腦汁處處設想降低成本，提高競爭力，最後他們研發出每十八個小時，萊亨雞就下一個蛋。這麼一來，成本確確實實地大大降低，利潤也確確實實地大大增加了盈餘，比平常增加了百分之二十五。

這是怎麼辦到的呢？養雞業者把一、二十萬隻以上的養雞場密閉，將雞群完完全全與外界隔絕，日出日落的晝間，以人為的燈光操作。小雞一開始就養在這一天只有十八個小時的「虛擬環境」，到牠們趨於成熟之前，飼料添加一些激動素之類的荷爾蒙催化，這樣就成了。但他們為什麼不把這虛擬環境的一天的時間，縮成十七個小時或更短呢？

據試驗的報告，再縮短時間的話，雞蛋就沒蛋殼了。在這虛擬的環境中，這些萊亨雞的生命規律被改變了，原來是生蛋雞，但從此就變成生蛋機了。

我們一邊欽佩人的腦筋厲害，還一邊覺得那一群萊亨雞活得好好笑的話，那是因為遭遇到如此命運的是雞，如果換成是我們的遭遇的話，我們恐怕就笑不出來，還覺得有些悲哀吧。不過先請別因為是如果的假設而感到慶幸。其實，今天我們以現代人的生活來看，我們與那些可笑的生蛋機到底相差有多遠呢？

我們每天看電視、看報紙、聽廣播，每個禮拜看週刊，每個月看月刊，這在大眾傳播的時代，是一般人起碼的媒體消費，也成為我們生活的一部分。然而，我們透過大眾傳播媒體，單單就從我們對現實生活環境的了解，到底知道了多少？就以熟悉的那一部分，它的可信度、代表性又是如何？再從構成現實環境的諸種條件而言，它的比例與分量，例如報導的篇幅與播出次數的頻率是否恰到其分等等，這都不是我們能夠掌握得到的。

大概很少人會相信，從某一個角度來看，特別是指我們對媒體的消費，我們的耳朵和眼睛不在我們身上。我們付了費把耳朵和眼睛都寄給媒體，請媒體幫我們看該看、聽該聽的資訊，好讓我們認清楚自己所處的現實環境。結果，媒體為了滿足感官和天性喜歡獲悉他人的隱私八卦，還有幸災樂禍、愛看一些不幸事件的消費大眾，來提升他們的讀者群和收視率，待價媒體的價位。因此，把需要客觀報導的新聞，偏頗選取可炒作的緋聞八卦，甚至於變成綜藝節目，看它有戲可為，就拉拉搓搓變成連續劇的新聞。倘若我們對這個媒體環境完全失去批判力，就像萊亨雞那樣無條件地接受也罷。可悲的是，我們又似懂非懂地存疑，又無法篩選，也不能不接受，這才叫我們迷失在「擬似環境」的環境裡，看著我們的社會，在精神的層面上不但沒有提升，反而一天一天地沉淪。

臺灣的消費大眾，對氣象報告的準確度那麼認真要求，為何對社會新聞報導方面的反社會化，我們的聲音卻是那麼樣地苟延殘喘？

原載二〇〇五年六月五日《自由時報・自由副刊》

# 沉默的玫瑰花

晨間沾露的玫瑰花，盛開也好，含苞也好，人見人愛，任誰見了都會直覺地被一種美感感動。靠近仔細端詳，除了美感的感動之外，更深一層地發出驚嘆；說這個世界實在太美妙了。一根長滿了醜陋的刺的花莖，竟然開出了這麼美麗的花朵。

但是，另一旁有人為美感感動之餘，嗚起沉重的哀嘆；說這個世界是多麼可悲啊，在這麼美麗的花朵身上，竟然長滿了這麼醜陋的刺。

班雅明認為天地萬物，死的活的都有他們的語言，人有人話，上帝也有上帝的語言。照理說，對上述兩極的言論，玫瑰花本身也有話說，可是她不予置評，帶刺的花莖，連她的刺是否醜陋也保持沉默。或許他們已經表達了，說這是整體有如天衣無縫，不可拆開品頭論足，指誰是誰非。有誰可以把聖女貞德手握長劍揮軍的形象，拆開來說貞德是神聖的，長劍是邪惡嗜血的？

世界這個大環境，本來就是一個複合體；生態的自然環境、人的本位主義的環境，或是人與萬物共存的倫理環境也一樣，本來就是生動而豐富的有機複合體，是多元的，有種種可能性的，所以才擁有各種各樣的看法、各家各派的學說。在兩個極端對立的看法之間，除了中間還有偏左偏右，稍偏多偏少，種種漸層的思想與觀點，也有形而上、形而下的；就單以黑到白的兩極而言，其中就有多少層次可逐漸呈現。兩極化的觀點與爭執，總是陷入二元論的窠臼，否定常態的事實現象。

今天我們這個社會，有各種不同世代的人相處一起。我們有在日治時代經常喊著「天皇陛下萬歲」長大的、有聽著「匪諜就在你身邊」長大的、有「三民主義統一中國」，或是之後沐浴在民主選舉的口水中長大的。如果從童玩的發展來看，在短短五、六十年間，有從玩泥巴石頭，到現在玩電動遙控，回頭一看相隔遠如石器時代至今。以前的小孩哪有零錢？現在的小孩，父母親不給，可以找喬治和瑪莉要（銀行現金卡廣告）。半個世紀，成長的環境變化太大，各世代的價值觀，看法當然亦有諸種不同。然而威權勢力似已不存在的今天，它卻化身到某些媒體，仍操控群眾，蠱惑、煽動、痲醉、欺壓等等，製造對立，收漁翁之利。

絕大部分的媒體消費群眾，透過媒體認識世界，認識我們自己的社會環境，在所謂

「製造新聞」的報導之下，有多少人嫌棄我們的社會。最可悲的是挑撥個人與社會分離，讓人對社會失去信心，不想參與。社會是不完美的，但是也沒有那麼不堪。

看過法國或英國十九世紀中葉的文學作品，巴黎在雨果的《悲慘世界》裡，倫敦在狄更生的《塊肉餘生錄》裡的情形是怎樣？男人潦倒、女人沉淪、小孩子饑餓病弱。狄更生在《雙城記》裡說：這是黑暗的時代，也是光明的時代……只要有參與，這些都是過渡期。不然今天巴黎和倫敦的光彩怎麼來的？好像是瑪麗蓮．夢露的情人說的吧：「不要問國家為你做了什麼，問你為國家做了什麼。」雖然話總是比人漂亮，但再怎麼樣，還是值得思索、參考。

玫瑰花的沉默，並不在激化我們的情緒，我們是否也該靜下來思考一下。

原載二〇〇五年三月七日《自由時報．自由副刊》

# 輕言之前

現代生活愈來愈繁複細分，調查這一門工作也愈來愈重要起來。做大本生意的，需要市場調查；大眾傳播媒體，要了解閱讀或收聽、收視率，要調查；政治性的事物，例如老百姓對目前臺灣社會環境的滿意度，更需要深刻調查。調查的目的不一定和對象敵對，求得百戰百勝，但是要百試百順，還得必須知己知彼，所以就得調查。

抽樣、統計、分析等等是調查工作必要的程序。現在電腦發達，調查的規模可大可細密，在計算與相關係數檢證、修正的時間可大大縮短。選舉本身就是一種全面性的調查。其實社會性的意見調查，抽樣的對象，他本身也對社會有他個人的經驗，當他被問卷問及有關社會諸項的看法時，他直覺地說出一己之見；直覺除了感官之外，它是根據人腦儲存的經驗，比電腦更微妙的運作，不用操作就能及時回答問題，速度極快。對他個人而言，他的答案談不上精準，但已到八九不離十的地步，絕對可以代表他個人的看法。這種看法多了、普遍的話就有它的代表性，而具體凸顯問題的可信度。

就拿一般人對臺灣社會的滿意度而言，相信不少單位都做過相關的調查，結論差不多都以負面為多，結果調查歸調查，不知為什麼，臺灣社會問題的事態，只見它一直惡化下去。其實有關臺灣的社會環境，用不著調查，就憑當政者個人的直覺也可以得到清楚的答案，只是他們不好意思表示自己的看法而已。

今天有多少人在家人的面前，或是友人相聚的場合，時不時就會聊到臺灣的社會問題。不少人很容易一張口就吐出對臺灣社會的怨嘆，表示失望，甚至於說：臺灣沒救了……之類的輕言。言者理直氣壯，聞者還點頭表示頗有同感，且不說這般的言談的是非，其普遍的現象一定有它的條件使然吧。

從政治層面看，說我們是民主國家、民主社會；因為我們民主化的時間不長，且先不說民主的文化素養，單從我們的選舉來看，就知道我們連民權初步的民主知識都非常欠缺，以為選舉就是民主，每次的選舉就給整個社會捲起大風大浪，叫社會大眾捲入巨大的漩渦中，昏頭轉向變成集體乩童，呈現集體歇斯底里的狀態。難怪年紀大的曾當過臣民的老百姓，錯以為原來民主也是洪水猛獸。

臺灣的治安最是叫人不安。各種各樣的犯罪花招，層出不窮，犯罪率節節升高，犯罪年齡愈降愈低；日前還查緝到十五、六歲的少年犯，竟然握有一把烏茲衝鋒槍，為什麼？帥呆了！還有金融界合法設下天羅地網，利用窮人的人性弱點，大量獵殺卡奴，比在山上設陷阱捕殺野生動物還要血腥。老百姓為奉行神聖的受教育義務，把子女送進學校受教育，但因教育機構的泛政治關係，把小孩子當白老鼠，從政策到教材，改來改去，小孩子被教得一代不如一代。所謂的重視文化藝術，卻以暴發戶辦喜事的心態，花大錢舉辦隔天就成為垃圾的活動，誤導老百姓的認知。還有多如過江之鯽的大學生，多如在潮頭跳躍的碩士，然而，學院培養他們給社會的回饋成了什麼程度的比例……？

但是我們必須知道，要求一個社會趨向美好，不能全靠政府，其實最大的力量應該靠我們每一個人才對，如果我們一味批評社會，將責任歸咎給政府當政者，那未免太小看我們自己的重要性，並且還患了「吃西瓜偎大邊」的既得利益者的大毛病。社會是不完美的，因為不完美我們才有用。這裡想舉一個例子做比喻。一對養有殘障或是喜憨兒小孩的父母親，說真的，對這樣不幸的小孩將來能抱有什麼希望？但是他們仍辛苦盡心盡力地養育這樣的孩子，有人說那是上帝送給他們失去翅膀的小天使——何況臺灣的社會還有很大的可能。再說，我們是臺灣養育長大的，她就是我們的母親。我們的母親患有重病，誰敢拋棄她？我們希望臺灣好，就必須各盡本分參與，千萬不可輕言臺灣沒救。

原載二〇〇五年十二月八日《自由時報．自由副刊》

# 多元社會二分法

在黑白片的時代，其實彩色片的初期也一樣，看好萊塢的西片時，觀眾一開始就把叫做紅蕃的印地安人，統統當作壞人，白人和騎兵隊都當作好人。當觀眾在片中看到白人遇襲時，還為他們義憤填膺、坐立不安。到後頭看到騎兵隊在遠處揚塵奔來救援時，全院觀眾不分老少，興奮得猛鼓掌聲叫好，只差沒把戲院的屋頂掀掉。接著觀眾看到鏡頭近距離拍攝兩軍肉搏，紅蕃——中彈落馬，或是挨騎兵軍刀砍臂的時候，對那血腥的特寫鏡頭，除了拍手，還暢快地從旁吆喝助威。反過來，也有極少數騎兵中箭受傷，觀眾看了還為他們抱屈而焦急不安。

片子的結尾，想當然耳，代表好人的白人勝利，代表壞人的紅蕃，死的死，沒死的潰不成軍，逃之夭夭去了。那時的觀眾大部分都不識銀幕上顯現出來的英文字「The

End」，但看到騎兵隊重整隊伍，雄赳赳、氣昂昂撐一排軍旗揚長而去的雄姿時，觀眾再度鼓掌，起立目送銀幕裡的騎兵遠去。他們的結論是，世界上有兩種人：一種好人，一種壞人，壞人最後總是會被打敗，或是被消滅，所以做人就不要當壞人。這樣的二分法，小孩子所受的影響最為深刻。

世界如果真的這麼簡單，那有多好，事情就好辦了。不過小孩子似乎一直都這麼認為。帶他們看電影，他們一開始就急著問大人，出場的哪一個是好人，哪一個是壞人。有些電影中的故事人物，小孩子還沒看就認定他們為好人的，例如關公、岳飛、孫悟空、米老鼠、哪吒、宮本武藏等人，只要跟這些好人作對的，統統都是壞人。我們這些老人的童年，在電影裡面，宮本武藏和二刀流的小次郎在一處海灘上，做「破曉的決鬥」時，雖然導演在每一吋的底片，都用心經營濃濃的緊張氣氛；但觀眾早就知道好人的宮本死不了。眼看飾演好人的武藏陷入苦鬥的險境，鏡頭的特寫，從雙方眈眈凝視對方的眼睛、咬緊牙關繃緊下顎的肌肉塊。額頭上西瓜大的汗粒、埋入砂灘的腳盤、把刀柄握得出汁的手；宮本握的是船槳，他們天濛濛亮，就各執刀器一直對峙到旭日即將躍出之前，他們只有鬥眼、鬥精、鬥神，誰都不敢輕舉妄動；因為攻擊時，對方就可乘虛而入。他們只能一點一點慢慢移動位置，直到整個時間都停佇似的時候，說時遲，那時快，當曙光如萬箭射出的那一剎那，宮本正好移到背光的位子，他們一個背陰，一個面陽的瞬間，使出致命的一擊，然後兩人都像豎立的不動尊王的塑像，只看到海風撩起雙方的髮絲和衣邊，還有遠處砂灘揚起的風砂，再看到宮本武藏額上的一抹新筆跡，溢出血影，再來就是小次郎硬梆梆地像一根大木樁慢慢傾斜，隨後轟然倒下。觀眾看到這早已知道的結果，掌聲早就準備好給代表好人的宮本武藏。但是導演精心多元設計的鏡頭畫面、音響、特效、燈光，還有許多層面的藝術經營，在二分法的觀眾眼裡是多麼造作而多餘的東西呢。

以二分法的眼光去看宮本武藏與小次郎的破曉決鬥，導演稻垣浩是受到委屈了，在電影藝術層面上的努力被當成廚餘倒入餿水桶裡。過去好萊塢本著美國本位主義的導演，所拍出來的電影，特別是戰爭片，任何一場戰爭，美國兵就是扮演正義的戰神，美國就是愛好和平的好人，跟他們打仗的都是壞人。這樣二分法暗示性的洗腦和教育，確實在全球長期以來，作育了不少信徒和附庸傀儡；他們沒有思想，也用不著思想。

可是對我們自己來說，我們自己對自己的人民百姓的教育或是觀念的培養，不做深耕，只求淺作，那又作何感想？有一回好不容易買到由臺北到高雄的一張自強號有座位的票，更令人高興的是鄰座是一位活潑可愛的小姐。我說她活潑是因為我才坐上去，她就打開話匣子，一路聊下去。車子差不多抵達中壢的時候，我就問她是不是幼稚園的老師，她很驚訝地叫起來：「你怎麼知道？你怎麼知道？」連連小聲半尖叫了兩句：「我又沒告訴你。」

我怎麼會不知道。在她的話裡，時不時就聽她說「對不對」？「是不是」？「要不要」？之類的二分法的疑問句。除了幼稚園老師之外，還有什麼職業會造成這樣幼稚語句的傷害？不過這樣的論斷對很多幼稚園的老師有欠公平。君不見目前兩黨的競選，透過電視，在我們的客廳裡，不也是常常不斷聽到「對不對」？「是不是」？「好不好」？

今天臺灣民主自由而多元的社會來得不易，過去哪有這種百花齊放、百鳥齊鳴的景象，這種景象在一個初期發展的社會，看來難免混亂失序，可是有它的豐富性和希望。民主社會的選舉活動，透過大眾傳播，是全民大大小小的全面社會教育，它不是好人與壞人之爭，請面對鏡頭前面的候選人，不要再把廣大的民眾拉回到過去，以二分法愚弄我們了。

原載二〇〇五年十一月廿四日《自由時報·自由副刊》

# 流浪者之歌

人世間，莫過於因巧合而遭到殺頭，或是牢獄之災來得更冤枉。

滿清時代，有一位讀書人，看到他的書在桌上被風翻動時，靈感一來，寫了一句「清風不識字，何事亂翻書。」結果遭到殺頭。臺灣六〇年代白色恐怖時期，有一位鄉下人寫信給中廣公司某閩南語節目主持人時，此人把閩南語讀音的「中廣」寫成「中共」，而遭到情治單位的拷打。另外在臺灣廣告界曾經流傳一時的一則案例，那就是國際牌錄音機的報紙廣告。標題寫的是「鴻毛細語，清晰可錄」。當時的情治單位，硬從這一組文字裡面，挑出三個字拼湊成「毛語錄」。這樣的成績，IQ沒有一百八十以上的人是辦不到的。還有一次，那是蔣公在世，他老人家的華誕，當天早晨，有一個固定的古典音樂節目，叫××花園。××是提供藥廠的名字。哪知道那一天播出內容，竟然有一段是莫札特的《安魂曲》。當時有人常笑情治人員不大念書，但由此可證，他們不但念書，古典音樂的素養也深刻。好在蔣公不是那一年逝世，要不然，再大的十大藥廠聯合提供也不夠看。

現在提起過往那一段文字獄的事，已經都提升到笑話的境界，不過在當時涉及這類巧合的人，都緊張得要命。也是戒嚴時代的實例。有一次全國聯播節目，播報片頭的播音員，把「中華民國全國聯播節目」，播報成「中華人民……」，他只播報了四個字，馬上就關機，當場就想自殺。原來他一直提醒自己，可不能說錯，說成「中華人民……」，哪知道，時間一到，該說的沒說，提醒不該說的，竟脱口成秀。至少這件事對當事人而言，絕對是要命的。但是，時代變了，上面提及的事，如果發生在民主社會的今天，也只不過付之一笑，不了了之，或是一小撮的人，心裡感到不舒服之外，也沒什麼好誇張和擴大的吧。

本月十六日，李總統回來，三家電視臺都臨時開闢特別節目，肯定他老人家的辛勞與成果。筆者十點四十五分左右，信手開了電視，正好看到中視的節目，主持人一連串肯定話語之後，接著就是廣告插播時間，但是這之前，或是之後，映像管上打出一張藍底白字的反射卡，文字是由左而右，分成上下兩行：上一行寫的是「一位亞洲新領袖的誕生」，下一行寫的是「李總統跨洲之旅」。但是這時的背景音樂播的，竟然是西班牙作曲家薩拉沙提斯的〈流浪者之歌〉，並且找的是最蒼涼的一段。整個節目到十一點完了時，另有一段音樂，不過這一段音樂筆者不十分有把握，聽起來好像是電視影集《虎膽妙算》的片頭音樂。《虎膽妙算》的英文原名是*Mission Impossible*，怎麼翻譯好呢？我是比較不懂英文的，是否可以譯成「無法完成的任務」呢？

事情總是有巧合的，能夠包容巧合的社會，才是民主的社會。李總統要是知道這件事，還能一笑置之的話，那他才是真正推行民主。管他這位放音樂的仁兄是主流派或是非主流派，明年金鐘獎什麼的，給他一個最佳配樂如何？這豈不皆大歡喜。

原載一九九四年五月十九日《中國時報．人間副刊》

# 名正

名正言順；名義正當，言詞順適。孔老夫子的這一則教示，死愛面子的中國人牢記在心，拿來當作做事的前提。

但是，當權者或是利益團體，為了鞏固自己的權位，或是既得的利益時，名正，言就順的邏輯，就被發揮到極端形式主義的地步。積極時，可能驅策群眾，動員人民；消極時，可以當擋箭牌，抵擋對方的攻訐。

今天臺灣的老國代，他們能夠在東歐劇變，戈巴契夫宣布蘇聯放棄共產黨一黨專政的同時，依然豎立在全國上下，一片逼退逐退的聲浪中，不但像一尊不動尊王，又能採取有力的反彈，其中神奇的力量，即是來自所謂的法統，在名正言順的邏輯結構中。一旦有人借名行事，實質內容的問題，也比不上表面形式的完整性，難怪對三月二十日正副總統的選舉，有人表示不競選，而不反對候選時，一股洶湧的暗流就形成，真是好一個名正言順。

中國人的講正名，講面子，表面化，行式化的結果，口號與標語特別多，在我們的生活中，耳根不絕，放眼皆是，當我們聽到口號，看到標語時，總叫人覺得，噢，有這樣的事，而提出口號和標語的一方，當他們看到空白的城牆樓壁，填滿了夠大、夠堂皇的字句之後，就覺得事情動了，做了，可交差了。

隨著歲月，臺灣的牆壁和圍牆，特別是學校的水泥牆，出現過一系列代表每一種不同時機背景的標語。例如「反共抗俄，殺朱拔毛」、「保衛大臺灣」、「一年反攻，二年掃蕩，三年成功」、「消滅萬惡共匪，解救大陸同胞」、「國家興亡，匹夫有責」、「保密防諜，人人有責」、「蔣總統是民族的救星」、「莊敬自強，處變不驚」、「沒有國，哪有家」、「毋望在莒」、「努力生產，精忠報國」、……「三民主義統一中國」。有一個學校開校友會，會中有一位糊塗蛋，人家問他哪一屆畢業的，他竟然忘了。他想了一下說，他是反共抗俄那一屆畢業的。他的回答也把別人搞糊塗。可是經他說明是當時學校的標語後，大家都笑歪了。不一下子，一百多位校友，都以記憶中的標語，告訴對方，他是保密防諜那一屆的，或是說處變不驚那一屆的等等，這可給那一個學校那一次的校友會，增添了意外的樂趣。

然而，這些標語內容的變動，和當時局勢的變化息息相關。民國三十八年，政府轉進到臺灣時，到處可聽到的口號和看到的標語，都是「反共抗俄，殺朱拔毛」。當時有一個中學，該校有一支精良的橄欖球隊，但是再怎麼打都敗給建國中學。有一天，青年節前，橄欖球隊負責寫標語到街上去貼。他們很快地完成了這一件工作之後，回到球場練球。他們先熱身，運動場才跑了四五圈，教官急急忙忙騎車子趕來，要他們馬上去把街上所有的標語撕回來。原來這些孩子的標語是這樣寫的：「反共抗俄，打倒建中」、「殺朱拔毛，打倒建中」，他們表示矢志，要把建中幹倒。這是孩子們的理由，但是在教官的看法，打倒對象有個中字，這是什麼意思？他對學生嘴巴雖然這麼說：「要打倒建中，不是貼標語就可以打倒，要苦練苦練再苦練！」事後，教橄欖球的數學老師，和隊長都惹了麻煩。另外一個學校的老師，也因為標語遭了殃；他叫學生到街上貼標語，其中「反共抗俄」的俄字，因為雨天淋濕斷裂不見了，變成「反共抗」，而被一併帶走了。形式主義走到極端，製造了不少的文字獄。再說這個學校的橄欖球隊，幾年後，真的把建中打下來了。苦練真的比口號標語見功效。

後來的標語內容改了。「保衛大臺灣」，對在臺灣的人而言，總比「反共抗俄，殺朱拔毛」，更來得有實感，並能同時激發危機意識。這個標語一出現，電影院的國歌片的中國地圖，也有了精心設計的改變；臺灣的部分，多放大了幾倍，看起來確實像個大臺灣，叫島上的人，信心也隨著加大的倍數加大了。後來，美國第七艦隊拜拜了，走了，「國家興亡，匹夫有責」，自己的國家自己救，不能靠美國，並且老美也不可靠，在聯合國竟然提出兩個中國。漢賊不兩立！我們退出聯合國了。沒關係，「莊敬自強，處變不驚」、「毋忘在莒」。隨即本土的鄉土意識抬頭了。這不行，太偏激了，「沒有國，哪有家」。創造經濟奇蹟，「勤奮節儉，努力生產」。這看來似乎四平八穩，其實臺灣成為大眾消費社會，是以消費來刺激生產的。如果照標語來節儉，抑制慾望的耗費，只顧需要的限度，臺灣的市場馬上被庫存的貨物塞滿，營運停頓，工廠停機，勞工失業。好在標語只是形式形式，小姐衣櫃裡的衣服，始終少一件，買了再買，大家猛吃再吃，吃胖了再減肥。

「三民主義統一中國」是今天的口號、標語。不過今天的標語，已經比不上二、三十年前的標語神聖了。同樣的「三民主義統一中國」這一句標語，在解嚴前和解嚴後也不一樣了。至少如果有人拿這一句標語來惡作劇，大概也不至於致人入罪罷。

話說麻將。警察對它的看法，也沒有過去緊張，見了就取締，抓到就罰。現在彈性大了；一場家庭麻將，或是同事間聯誼，紓解工作壓力，下班後搓兩圈衛生麻將，差不多都可以通融。但是有時要看警察的意思，如果他不想通融的話，還是違警，要罰鍰的。有一家公司的四個職員，他們常在週末打牌，已經被罰了兩次了，心裡十分不甘。

其中有一位較年輕的，他特別去訂造了一副麻將牌，主要是把萬字改成民族的族字，一萬就改為一族，八萬就是八族。把筒子改為民權，但權字用臺語發音叫環，所以圖案就用圓環，六筒（六餅）就改為六個環。條子改成民生，生字臺語發音叫星，所以圖案就是星星。其他紅中白板青發照舊。首先他們玩得很辛苦，為了要跟警察鬥法，大家努力去習慣它。大家一圈還沒打完，就習慣了。這一次，他們很希望警察能夠來取締。摸到第三圈，還不見警察來。年輕人按捺不住了。他自動打電話到警察局報案，說某某地方有人打牌。過了半個小時，警察真的來了，和上次同一個警察。他一進房間就說：「又是你們！你們不是說不打了嗎？」

他們沒人理他，「收起來，收起來。」他們還是沒理他，警察意外感到難堪，而有點生氣。「我要沒收你們的牌子，你們賭博跟我到派出所。」這時有人打九族、對家叫，「九族碰。」吃了牌子，又出一張牌。下家摸了一張牌，突然大聲地叫起來：「三民主義統一中國！」他自摸三星。警察還沒搞懂，仔細看他們的牌子，形式是不一樣了，他想還是賭博。看他們不理不睬，他伸手去抓牌。

「警察先生，你以為我們在做什麼？」

「賭博啊！」

「你看清楚，我們在三民主義統一中國啊！你反對三民主義統一中國？你敢？」

他們向警察講解，最後還玩一次給他見識見識。警察笑了笑搖搖頭走了。但是心裡有點不服，他下了樓梯，在外頭點了支菸，看著樓上深深吐了一口。菸還沒抽完，樓上叫嚷著三民主義統一中國，萬歲！萬歲！

名正言順到這種地步，可以了。

原載一九九〇年三月五日《中國時報・人間副刊》

# 幽他一默

有人幽他一默，就有人被幽了一默，這麼一來整個事情的發展，多多少少就會與原來預料的結局不同，產生變化，甚至於往往變得很意外。但變好變壞不一定；如果被幽了一默的一方，會接球的話，結局就較為圓滿。

一九七二年，參與拍攝紀錄片《大甲媽祖回娘家》，在前置作業上為了編寫腳本，除了採訪還帶相機拍一些參考照片，我個人在北港、大甲之間，騎一部老舊的蘭美達速克達來回工作。有一天下午，我騎車經過大甲溪跨過大橋，往大甲走的時候，後頭有一部機車連續按喇叭。剛開始不以為意，但是橋上來往人車不多，當過了橋，連續的喇叭聲又在後頭響起，這時我才意識到，那急躁的騷動是衝著我來的。我放慢了速度，沒一下子後頭的機車就趕上我。一個坐在後頭的人，揮著右手要我靠邊停下來，我不疑有他，我一停下來，他們的車就擋在我的前面，騎車的人還跨在車上，並沒熄火，一位年紀較大的人，他下來問我要不要「露螺」，他用閩南話說。我心想我要蝸牛幹什麼？對方很快地看出我沒了解他說的，他只用嘴巴說：「是手錶，勞力士。」他沒拿出實物來，「俗俗賣你就好。」這麼突然的買賣，他有心我無意，我感到異常時，自然看看四周，我看到扶好機車隨時待發的人，他的注意力只集中在馬路兩頭的動靜，並且臉上的表情顯得急躁不耐。太陽很大，往來人車非常稀少；此地距大甲大概還有一公里，是田野的郊外。拉生意的人又說：「你不要手錶，我們還有彩色的。」那時臺灣有不少SONY彩色電視機是水貨，黑市上就稱「彩色」，那位把望的人急了，他催了一句「緊！」年紀大的人就告訴我說，他們有許多貨都放在那裡；他指著遠處的樹叢。我沒有意願，也沒錢，所以我的反應很冷。

這時車上的人拋出話說：「咱們是在跑路的，你身上有多少錢，統統拿出來！」拉生意的人收起笑臉說：「有聽到了吧。」奇怪的是，我已經知道他們是要搶劫，我竟然一點都不怕，還對著他們說：「好啊，我們把口袋裡的錢都掏出來，看誰的錢比較多；多的人就給少的人。」我的話一講完，車上的叫一聲「幹！」催著起跑的油門，另一個還靠近我一步說：「嘸啊，你是空軍退休的是嘸？歐多拜騎那麼緊。」他轉頭跨上後座，一聲猛催油的氣爆聲之後，他們一溜煙，我目送他們往大甲的方向，直到他們成為一個小黑點消失，我定下神，告訴自己，這是一樁搶劫啊。

他們離開了，我也要回去，當我像平時一樣踩發動桿，一踩不成二踩，不到三下即可發動，但是我已經踩了不下二、三十次，發不動就是發不動，我玩笑地想著，我沒被嚇著，機車竟被嚇呆了。其實，踩發動桿是需要瞬間猛力，哪知道我才是真正被嚇著了的，兩腿漸漸無力，在瞬間爆不出平時的爆發力了。想抽根菸讓自己平靜下來。嘿！連打火機也打了不下十次，右手的大拇指才有一次撥出火花點著了打火機的火，可是要移到已叼在嘴上的香菸時，嘴唇發抖香菸顫動，拿著點著的打火機，把火移到香菸的手也發抖，結果對不準又鬆手熄了火，試了幾次都失敗，這我才明白，我是患了事後害怕症。

畢竟再怎麼說，事情的結局到現在已經二〇〇六年了，我還為這件遭遇慶幸而感到十分得意。幽默讓我逃過一劫。五月十二日陳總統反個方向拚外交回來，要不是駙馬爺的事，沒能讓他在下機後的記者會上，面對全國同胞調侃自己，揶揄自己說幾句話；說什麼呢？說：「我繞了一圈回來了！我再度證明地球是圓的。」這話一出，相信有關這一趟外交的風風雨雨，一定很快就會平息的罷，幽他一默。嘿嘿嘿……

原載二〇〇六年六月一日《自由時報・自由副刊》

# 高臺多悲風

## 來演一場消暑的戲

要建設臺灣可不容易，要毀掉臺灣就簡單得多了。看這幾個月來整個臺灣的社會環境，險惡得叫許多人的心靈，幾乎無法平靜。多少人投入惡水的漩渦中打轉。沒錯，這裡面任何一個人都是為了愛臺灣、救臺灣，然而就憑著這麼簡單的一句共同理念，對立雙方所發展出來的攻防行動——我們且不懷疑是否愛臺灣，我們在問這個問題的時候，這樣就能救臺灣嗎？能使臺灣更好嗎？過去國共敵對的時候，都是高唱愛國家、愛民族；都愛同一個中國，愛同一個中華民族，卻不共戴天，雙方一打起內戰，結果老百姓死了幾千萬人，家破人亡，流離失所的何其普遍。我們年輕的時候，所受的教育是愛國家、愛民族，要犧牲小我，完成大我，我們一直認為這是天經地義的事。有一天讀到王爾德的話，其大意是說：國家主義發展偏頗到極端，整個國家都會瘋狂。當時我相當不解，甚至對於這位愛爾蘭的文學家、思想家很不以為然。

這個疑惑一直找不到答案。直到這幾年來看到臺灣選舉的慘烈，我才修正看法，對王爾德感到敬重。

真的，選舉期間，哪一個候選人不說他是愛臺灣、說他是臺灣人？還學幾句閩南語、客家話、原住民的話，表示他認同這一塊土地人民。

臺灣的民主社會還很年輕幼稚，我們連民主的知識都很膚淺，更談不上民主文化，要到成熟的民主社會還有一段距離。但是我們的民主再怎麼幼稚，它得來不易，體質脆弱，因而我們大家必須一邊學習民主，還得一邊呵護民主，這個時候絕對不是談革命的時候。革命的時機一到，不用人談，當絕對多數的人民無法務本生活；例如寫小說沒人看，改為寫雜文，又沒效用，就寫詩歌，再不行只好丟筆桿、拿槍舉刀廝殺，革命去！你叫他不去都不能，連不懂什麼叫革命的阿Q也革命去了。

陳總統如果要下臺的話，最好的時機已經過了。六月二十七日立法院罷免案沒過的第二天，再晚也不行。如果他思考一個晚上，二十八日上午召開記者會，向全國的人民宣布說：我不殺伯仁，伯仁因我而死。今天臺灣的社會變成這麼險惡，我雖不貪不污，卻因我而起。為了臺灣祥和進步，我願意謝無罪之罪、辭去總統的職位……云云。總統一定有更好的文膽執筆，寫一篇動人的稿子。事情如果如上述的情形那樣，不知當場看到電視的民眾有多少人會感動、同情、原諒到淚流滿面吧。可惜那個時機已不再了，歷史也沒這一筆。

我們現在雖然在新時代裡生活，但舊時代的習慣、文化卻根深柢固，就拿面子來說，本來總統也在考慮是否下臺，敵對的一邊逼得連看熱鬧的觀眾也喘不過氣來。如果是自己因為伯仁的內疚下臺的話，也被說成被逼下來，又被說成默認所有的爆料，那這個差別就太大了，不下。其實下臺也要有下臺階，現在連自己找梯子的機會都不給。

民主社會就是法治社會，是非由法治公斷，不能由人民的情緒左右是非。我相信人民的眼睛是雪亮的，但那是在艱困的年代。今天臺灣大多數的人民，包括我在內，只有看到鈔票、清涼辣妹、猛男和這個星和那個星的時候，眼睛才雪亮。

唉，一千七百年前，曹丕登位的時候就說：高臺多悲風。現在在高位的諸君，不可不省思。我不知陳總統有沒有以為自己是朕，但趙建銘和趙玉柱確實是把岳父和親家當皇上，難怪啊！此刻，真想建議國光劇團和民間的歌仔戲團，演一演《鍘美案》這檔戲碼，把駙馬爺鍘了，也好消消民怨！

原載二〇〇六年八月廿四日《自由時報・自由副刊》

# 愛心是非題

「親愛的旅客，請發揮您的愛心，請把您的座位讓給老弱婦孺。」這樣一句溫馨的叮嚀，凡是搭過臺北捷運的人，沒有人不會感到熟悉又親切吧。它不單用國語講，緊接著用閩南語、客家話，最後還來一句英語；這樣一而再、再而三地重複叮嚀。

一位來臺北學習國語的年輕友人，他說他最先學會的幾句是：「謝謝您」、「您好嗎」、「小姐好漂亮」，再來就是：「親愛的旅客，請發揮您的愛心，請把您的座位讓給老弱婦孺。」他還得意地說，他同時也學會這一句話的另外三種語言的說法。我要他表演一下讓我聽聽。一開始，他竟然稱呼我老弱先生，還好沒叫我太太說是婦孺小姐。由此可證，背記起來的東西是死的。

我們這裡的一般小孩，以這句溫馨的叮嚀為例，國語的版本他會說，閩南語、客家話，還有英文那就不一定了。不過捷運多搭幾趟之後，他們也都全會了。這種隨機教學的效率可真不錯。可是臺北捷運車廂裡的這種叮嚀措施，他們的目的並不是在語言教學，有上述效果的呈現，完全是無心插柳柳成蔭。那麼臺北捷運公司有心栽花的真正目的，除了表現他們的服務，當然是要看到車廂裡的禮讓社會吧；可惜的是，我們經常看到老弱的人，在坐在寫有「博愛座」三個字座位上的年輕人面前罰站，車內的這種風景，說礙眼的人噤若寒蟬，多數的人卻不以為意，視若無睹。這就像我們的生活環境、自然生態被破壞的情形一樣，見怪不怪，至於人文的社會環境，那是更抽象的了。

某社會院校，曾經做了問卷讓學生到捷運站或車廂裡做調查，問卷裡面有幾題跟愛心有關：例如是非題就有：「( )車廂裡人擠得很，不需要讓座給任何人，愛人除外。」「( )優勝劣敗，老弱婦孺就是弱者，他們的存在就是社會的負擔。」填充題則有：發揮愛心，在車廂內我們應該讓座給＿＿＿＿。選擇題有：在車廂內我們發揮愛心，應該讓座給：(A)林志玲(B)周董(C)Rain (D)老人 (E)寵物等等……。據說回收的答案很叫人欣慰，幾乎每個人都知道要把座位讓給老弱婦孺，只有一個人，他的答案完全與人顛倒。問他原因，他生氣地說，問卷簡直把人當傻瓜，這麼簡單的問題也要問。可見此人和其他的人一樣，都能有合乎社會倫理的答案。看了這樣的問卷成績，我們心理上也可以告慰才是。但指導老師說，這樣的結論讓人感到悲哀。他叫學生回到車廂現場看看，他們知道要讓座是一回事，但事實上他們根本就不讓座，這種情形，比原來就不懂得讓座還要嚴重。可見知識和行為並沒有絕對的關係，特別是生活道德的知識。

今年春天，日本出了一本書《老人驅除》，引起社會廣泛討論，根據書名馬上就讓日本人聯想到《楢山節考》。據說本書的主張，在某種程度上，比《楢山節考》更殘酷無情。《楢山節考》的棄老是為了貧窮，老人自動離開家到荒郊野外自生自滅，是為了讓家裡省下糧食哺育下一代的犧牲行為。《老人驅除》的作者竹本善次，觀察物質富裕的日本，認為日本高齡社會中的老人是弱者，他們吃垮了日本的財政，同時大大地影響日本年輕人的意慾，所以把老人稱為「老害」。

照這樣看來，我們的年輕人比起日本乖得多，但我真希望臺北的捷運不要再廣播那一句讓座位的話，同時也希望把車門門楣上的類似標語，還有門旁座位上的「博愛座」三個字都去掉。因為會讓座的人不用人提醒也會讓，不讓的人，你拖他下來他還是不願意。不然，廣播歸廣播、標語歸標語，不讓座就是不讓，不管聽來、看來都很煞風景。我們年紀都大了，請不要惹年輕人討厭，就免了那些廣播標語，讓一切歸於平靜。不然，讓他們覺得我們老人是「老害」的話，捷運公司可要負責啊。

原載二〇〇六年五月四日《自由時報・自由副刊》

# 點心的尊嚴

某幼稚園的老師向小朋友說：「慢慢快點吃。」二十幾位小孩子，還是快速地埋頭，把點心往口裡塞，好像他們吃什麼東西不重要，重要的是趕快把東西塞到肚子裡，好讓老師們來收拾碗盤，不拖延讓他覺得麻煩的時間。

那為什麼「快點吃」這一句命令式的話前頭，還要加上「慢慢」兩個字呢？原來這一天，有幾位家長來園裡找老師，剛好碰到小朋友吃點心的時間。平常押慣小孩子快吃的命令，因有家長在，顧慮話讓家長聽不順耳，怕他們誤會對小孩不親切，所以加上「慢慢」二字，表示體貼照顧。其實也不是，本來是換臺詞，想將「快點」改為「慢慢」，哪知道「快點吃」平常講慣了，不講都會噴出來，在他們刻意說「慢慢吃」時，「快點」一詞自然就跑出來搶回它安在「吃」字前的老位子；話聽來雖然矛盾，但產生這樣句子的心理邏輯是滿通順的。

可是點心一詞一物，遭受到快點吃快速通過小咽喉時，多少有幾分委屈吧。既然叫做點心，它是讓人享受，也因為如此它們就好像也有尊嚴，享用它的人，不管大小老少也一樣都有尊嚴吧。尊嚴有多貴重？在人類的發展史上，為爭取尊嚴，革命也在所不惜，在不用爭取時，也要學習；從小就從被當著有尊嚴的個體尊重開始，等他們長大之後，才知道任何人都有尊嚴而該被尊重。

從小，點心就要快點吃也好，慢慢快點吃也罷，這似乎對生命教育的第一步，就跨錯了方向。行文到此，筆者擔心讀者看到這裡，認為我小題大作，其實不是，如果你們知道幼教的重要，和目前幼教專業的貧乏，以及有不少對小孩子不耐煩的老師充數的話，就知道該為未來擔憂。

我再來舉個例子。有不少幼稚園為了小孩子行善、誠實，他們特別設計一種獎勵，其中有一項，小孩子撿到錢，拾金不昧交給老師的話，就可以得到一張榮譽卡，集卡十張就可以和他喜歡的老師拍一張照片留念。結果有一位長相不怎麼可愛的小孩，自覺得不像其他小孩子受老師注意，當他羨慕其他小孩常被老師讚美，摸頭摟抱之後，他就開始拾金不昧。

有一天，小孩子拿一塊錢交給老師，他抱著很大的期盼，興奮地向老師說：「老師，我撿到錢了！」老師一看是一塊錢，就懶懶地告訴他，把錢放在老師的桌上，之後就沒再理他。他當然也得不到榮譽卡。那一天他交了一塊銅板放在桌上之後，他的眼睛就時不時離不開它。時不時就望著它發愣。第二天他又撿到一塊銅板，其命運和昨天差不多。這位學生自我檢討了一下，他的結論是：一塊錢太少了，應該要撿多一點的錢才有用。沒隔幾天，小孩又撿到十塊錢交給老師，這次總算得到一張榮譽卡了。小孩有了一張卡心裡很高興，也不懂得老師為什麼沒問他錢是哪裡撿到的，也沒問別的同學有沒有人掉了十塊銅板。

老師竟然沒注意到這位同學，怎麼比別的同學經常撿到錢。並且老師對他每次撿錢交來的時候，小孩子並沒看到他預期的老師的笑容。這孩子，後來為了加碼，偷家裡的錢，交給老師的是百元的鈔票，最後他終於集到十張榮譽卡了。

原載二〇〇六年三月九日《自由時報・自由副刊》

# 生命 怎麼教育？

天才亮，當類似我們這裡的砂石車充當的垃圾車，從馬尼拉市的五星級大飯店，載著已經被篩選一輪的垃圾；隔了一夜，其酸腐的氣味，早已誘來密密麻麻的蒼蠅，經過市郊的違章建築區時，它又吸引一群尾隨奔跑的青少年。

當快到目的地，車速稍放慢的時候，身手比較矯健的少年就冒險跳上車，搶到挑選垃圾的先機，沒有辦法跳上來的，死命跟在後頭跑到垃圾場。等卡車倒車啟動車斗傾斜，準備將垃圾倒入坑底的同時，所有跟上來的小孩也都跳下去，撿拾，不，其實沒那麼從容，而是搶成一團，當機立斷搶著可食用的垃圾，帶回去給全家人充饑。有的小孩不知已餓幾餐了，聞一聞當場搶到的東西就先塞到自己的嘴裡。這是十二年前夏天所看到的景象。

換一個離赤道遠一點的瑞士，在日內瓦這個名城裡，有一處叫針筒公園（Needle Park）；因為販毒和吸毒的事，管不勝管，當地政府乾脆設一個地方，要吸毒，要打海洛因的就在這個公園，他處絕對不可。在這公園裡的廢棄物，以針筒最多，故得名。據說去那裡過毒癮的，青少年為數不少。

菲律賓與瑞士這兩個國家，或是馬尼拉與日內瓦這兩個城市，它們各方面的條件差距，都為我們一般人的常識所知道的，前者落後貧窮，後者先進富有。可是讓人疑惑的是，為什麼住在馬尼拉市郊違章建築區的窮人，雖談不上珍惜生命，至少也可以說他們是怕死的吧。反過來看，針筒公園裡的青少年，為何那麼樣地糟蹋生命呢？是不是和生命教育有關？那群窮苦的小孩，生活都有問題，哪有機會進學校，更不用說能上過教育機構請專家設計的「生命教育」。針筒公園裡的那些青少年，他們出生在相當現代化的家庭，他們擁有一個可向世人驕傲的社會和國家，受好教育是起碼的事，所謂的生命教育更不用說。

那麼為何這兩個地方的青少年，其生命的本能，或是生命意識，有這樣截然的不同？這樣的現象弔詭得有點費解。生命這議題，差不多都是識字的讀書人、知識分子或是專家、宗教家在談，諸如生命的真諦、生命的意義、生命的價值、生命的神聖性、生命的什麼什麼……何其多。在理論知識上，有關生命的著作，可疊出一座生命的城堡。

然而又怎麼樣？就以臺灣來說，戰後國民的平均所得不到一百美元，現在增加一百六十倍，這前後比較起來，所得差距相當大。在那窮苦的年代，有幾個人自殺？今天的臺灣，其經濟再怎麼蕭條，也不會像過去那麼普遍地貧窮，但是今天的自殺率看有多高？自殺的年齡降到多低？看了這樣的情形，我們的專家學者，開始提倡學校裡的生命教育。但生命教育絕不是靠智識教育，或是言教，事後經過是非、填充和選擇的測驗及格就通過。不會游泳的人，游泳手冊考一百分，還是淹死在游泳池裡。看看窮苦年代的長輩，他們是怎麼扛起家庭的重擔、為人父母，他們大多數都是不識字的老百姓，他們從小就生活在有倫理、有責任感的環境裡，還有長輩的身教。這些不是教科書、不是從媒體學習。生命是從實踐中學習。

拋一個大題目——因為我們目前正處在反生命的大環境中，所以才有反生命的行為，大環境沒改變，自殺有其必然的因果。

原載二〇〇六年六月廿九日《自由時報・自由副刊》

# 討厭與討厭的距離

在文字上「討厭」就是「討厭」，哪有什麼距離，在詞典上的解釋為招惹、不喜歡。但是討厭一詞是從嘴上出來的語彙的話，那就要看情形，距離可大可小，甚至於可以兩極化。

當熱戀中的女孩子，對她所愛的人說「討厭」時，再怎麼白癡的男友，都絕不會拿字面上的詞意去做解釋，不然的話那誤會可就大囉。這連反應有些遲鈍的男友，聽來都會露出笑臉回應，心裡還覺得癢癢的。如果女生是連著說「討厭討厭……」，還握著小拳頭用肉的地方，像按摩般搥著他的胸脯時，對方最恰當的回應是，把她摟抱過來，等她抬起臉來，還可以種給她一顆草莓，同時又豐收哪。

當然，當一個牌品不好的人，整晚都是他在放槍時，招惹他不悅地說「討厭」，那他說的「討厭」可真的現實到不會讓人擁有想像的空間。

最好是摸著鼻子走開。

文字的「討厭」二字，白紙黑字，幾撇幾畫都愣在那裡。語言的「討厭」一詞，它從嘴巴裡爆出來、溜出來、淌出來、滴出來、滑出來的感受都不一樣，有的是意義上的不同，有的是程度上的差異。因為語言的聲音除了大小、輕重緩急之外，感情、眼神、表情，有的還加上比手劃腳，對了，還得看情境和情況。真正的語言，不只是聲音發聲的符號，還得綜合那麼多的條件，才算是完全的理解。

兩位五十年不曾再見過面的同學，有一天竟然在聖母峰相遇。

我們看他們兩個怎麼對話？「咦？你不是春明嗎？」「是啊！你是國峻！」「操你媽的，」重重捶他一個肩膀，「你怎麼會在這裡，太妙了。」「哇！有五十年不見了。」「對啊！哇靠！太屌了！呀！超奇怪的，好高興！」他們兩個緊緊地抱在一起蹦跳，跌倒了還在地上打滾，甚至於有人吻對方一下。

「幹！怎麼這麼奇妙！」這兩個五十年不見的同學，要是在西門町重逢也不會這麼欣喜若狂；其實已經狂了，不然怎麼滿口髒話。但是這裡的「操你媽的」、「靠」、「屌」、「幹」已經全都脫離了它的詞意了，因情況、情境、聲音、表情、眼神，還有比手劃腳，這些不堪入目、入耳的髒詞，都昇華了，另生新義。不然他們要怎麼對話？我們來斯文乾淨地試試：「咦？請問你是不是姓黃？黃先生？」「是啊，我姓黃。」「那你是不是叫做黃春明？」「是的，我就是黃春明。」「你是黃春明?!你是黃春明?!……」黃春明猛點頭。

「那你是？……」「我是黃國峻，我們五十年不見了。」「真奇妙啊，我們五十年不見，竟然在聖母峰上見面。」「感謝聖母瑪莉亞賜給我們的奇蹟。」

我的狗嘴長不出象牙，要我在那種情形下，不帶所謂的髒詞髒字，真的寫不出兩位老同學狂喜奇遇的對話。

最近看到老朋友就讀國小的小孫子拿著閩南語的課本，從發呆一直看到掉淚。我把課本拿來翻一翻，不知是不是受到小孩掉淚的同化作用，或是怎麼地，我心裡真的難過得也掉起淚來。我內心深處，大聲吶喊著：臺灣的教育該怎麼辦？

原載二〇〇六年四月二十日《自由時報·自由副刊》

# 文化生活不等於藝術活動

一般人一談到文化，就想到美術、音樂、舞蹈和戲劇等等的藝術項目。官方也一樣。從事這方面工作的人，也自稱為文化工作者。所以政府設立與文化有關的單位，也特別重視這類藝術項目的活動，支持這方面的文化工作者。這類藝術項目的活動，只要公關做得好，經大眾傳媒報導，變成社會有目共睹、有憑有據的具體事實呈現時，主辦單位的功德也算圓滿達成。另方面，這類藝術項目的活動，它有櫥窗或是花瓶的門面和裝飾效果，多花些錢，多舉辦這類活動，常被拿來當作績效、政績或是社會繁榮來誇耀。

藝術項目的活動固然重要，但是試想一下，當這類活動進行的同時，絕大多數生活在臺灣的人，到底參與的人有幾個，所占有的百分比又有多少？縱然這類活動是經常性的，但是絕大多數的群眾，因為地緣、知識與經濟的條件差距，以及工作和生活的關係，再加上客體的資源條件，例如硬體的設備和經費等等因素，上述的藝術活動，就無法讓大多數的群眾和小孩，普遍地參與和受惠。從表面來看文化是有形的，是絕大多數人生活的呈現。就算我們國家級的兩廳院，還有地方的文化中心，經常有國內外的團體來表演，就拿我們生活中的婚喪喜慶來看，不但沒改變了什麼，反而卻因為國民所得的提高，有了錢而將它惡質地庸俗化，成為嘈嚷的生活環境。要看臺灣的文化，到底是兩廳院舞臺上的東西，或是大眾所呈現出來的生活。

文化絕不是少數所能代表，而是大眾。要不然，我們有了楊傳廣，就表示臺灣的田徑運動水平高？有了李遠哲院長，就表示科學很發達？有了林懷民的雲門舞集，我們的大街小巷，甚至於像西班牙，連鄉村小鎮，都有跳佛朗明哥的人才，我們的舞蹈也如此普遍而有水準？在臺灣鄉下的電子琴花車，或是公路沿途的檳榔攤、攤位裝飾、檳榔西施的打扮，從文化生命的角度來看，它是生命力最旺盛，最蓬勃。藝術活動能否改變它們呢？當然能夠。但是當絕大多數的大眾，受藝術活動的薰陶之後，自然就會唾棄它。請問，那又要多久的時間？這有點類似運用佛洛伊德的精神分析，去醫治一位精神病患，等醫師搜集病患的資料，再加以分析建立醫療計畫。這樣經過一段時間，病患等不及了，病情又惡化了。電子琴花車和檳榔攤，並不是一開始就這個模樣，是經過演化出來的。一樣地，當我們大力推廣藝術項目的活動，叫它是文化下鄉也好，等一群有品味的大眾出現之後，電子琴花車和檳榔攤並不會在原地等我們去改變它。它老早又變了。

寫這幾個字並不是否定藝術項目的活動，只是希望大眾文化方面的工作，需要更多的資源和人才投入。本來嘛，政府就是治理大眾的事。大眾文化早就向政府招手，只怪以前那個政府，辦文化活動好像做公關，只對知識分子或是知名人士，儘做一些利益輸送，填購壁紙和花材，裝修門面罷了。新政府看您們的了。

原載二〇〇〇年三月廿九日《民生報・文化與藝術版》

# 低級感官

藝術家的榜上，見不到廚師的名字，原因是口腔的關係。口腔在人體的感官裡面，是屬於低級感官，滿足低級感官調理出來的佳肴，就算做得再怎麼美妙可口的山珍海味，它還是非藝術創作、非藝術品。好在全世界的名廚，不介意他們料理出來的肴饌是否為藝術品，或是他們懷有的廚藝境界是否該稱之為藝術家。他們只要能到五星級飯店、名餐館，或是被借調去料理國宴，名利雙收就達到他們的目的了，再不然，懷有一技之長謀生就夠了。還有所謂的老饕，他們也只顧杯盤器皿所盛的真材實料，經過刀功火候調理出來的料理，端得上來，但要看它是否能通過他們的低級感官，吞嚥得下去。最後是像養殖場的魚群，見了人影就以為有人來餵食，一湧聚來，張口嗷嗷待消費的消費大眾。不過可不能小看他們，只要他們一年不做多餘的消費，臺灣的餐飲業就垮臺。

從資本主義經濟社會的食物鏈來看，餐飲業一垮，賣肉、魚蝦、雞鴨、南北貨、醬油、味精調味品、清潔劑、餐紙……乃至於賣人力的廚師、二手水腳、端菜小妹、洗碗盤歐巴桑、掌櫃歐吉桑、女公關……等等，各行各業，各種職工，都得關門大吉，失業賺閒。這麼一來，臺灣的經濟豈不動搖。這廣大的消費大眾，他們更不會計較塞進嘴裡的東西是不是藝術品。要不然，整個藝術界的喧囂，恐怕與目前的政界有得比。

一個人的臉孔，除了嘴巴之外，還有鼻子和兩個屬於高級感官的耳朵和眼睛。被歸類為八大藝術的文字、美術、音樂、舞蹈、戲劇、雕塑、攝影和電影等等。這些能滋養心靈的精神糧食，都是透過耳朵、眼睛，有時是同時透過兩者一起觀賞聆聽，傳到腦子裡，最後再轉到心靈走一回。事後多多少少，總是會激起一番感動，而那漣漪久久蕩漾，蕩到潛意識裡，累積成一種氣質和深刻的素養。然而，在我們這個從過去窮過來，現在變成暴發戶的社會，大眾的腦子裡，還留下過去窮困不得食的陰影，見食心喜到嘴飽目不飽的地步，那種恐慌勁的吃相，成為一種氛圍，再感染到未曾窮怕過的新一代，他們也個個食慾旺盛得肥胖症急增，減肥業者也肥得慶喜。

不過值得安慰的是，大眾消費社會裡面，還有少數的人，他們的高級感官，食慾仍然不壞，讓文學藝術的作品，還能在低級感官消費品充斥的市場上苟延殘喘，期待文藝復興的機會來臨。其實這些人和其他人並沒有什麼不同，只是在他們成長的過程中，有幸碰到好老師或長輩，在文學藝術方面，曾經替他們做過欣賞的啟蒙而已。其他大部分大眾，他們之所以只顧及低級感官的滿足，是因為我們學校教育，不曾重視欣賞教育的關係。這一點讀者朋友可以回憶一下，大家從小學一直到中學高中的求學過程，老師是怎麼上我們的美術、音樂和國語文的課？如果有老師經常介紹文學家、畫家和音樂家的故事，以及他們作品的話，他的學生長大之後，有些人的高級感官不但沒退化，還時常保持饑渴的狀態，時時準備涉獵精神糧食，充實自己。

可是話說回來，文化藝術又不能當飯吃，還是社會大眾低級感官的食慾一直振奮的好，它可支撐小到路邊攤，大至餐廳大飯店，次要景氣還得看他們哪。發展經濟，還是撐爆低級感官最合乎現實。

原載二〇〇五年五月廿二日《自由時報・自由副刊》

# 偶戲偶感

臺灣過去的傳統偶戲有布袋戲、傀儡戲和皮影戲三種。在時代變遷之下，傀儡戲和皮影戲已經少見了；有的話大概是為了介紹臺灣過去的偶戲劇種時，才偶爾出現一下。但是其規模與該具備的條件，包括技術面也都大大不如以前了。只有傳統的布袋戲還在村廟謝平安神明生的時候，時而可見。不過其改良的金光布袋戲，就像哪吒蓮花化身，有了新生命，在電視上仍然有它的收視率。由此可見，不管任何事物，都得隨時代的腳步走，不然就遭受淘汰。當然時代的腳步，有的是形式，有的是內容，還有思潮，還有多元的整合等等。在今天這個大眾消費的年代，任何事物都以大眾消費為取向，如不賣錢就難於生存。

其實在國外的偶戲活動，仍然活在大眾的生活裡面，他們一樣有立體的布袋戲、傀傀戲、杖頭木偶戲，平面的有皮影戲、投影片構成的劇；更重要的是根據劇情的需要，綜合各種戲演出，並且絕大部分的劇碼都是新編，縱然是舊有的童話故事，也都有新的創意表現。更難能可貴的是，連名著莎士比亞的《馬克白》、比才的歌劇《卡門》等等，都可以用偶劇演出。馬克白最後瘋狂前的名句：「我連睡覺都殺死了！」背後的布景出現許多眨不停的眼睛。還有卡門愛上了士兵荷西，她的右手就變成一條繩子，一伸出去就把荷西綑住了。偶戲的表現怪誕荒謬，更能凸顯現代人深邃的物化與創傷。當然歐洲的偶戲，大部分都能達到老少咸宜，全家共賞的境地。而使這歷史悠久的表演方式歷久彌新，獨樹一幟在各種先進的媒體群中屹立不搖。

時到今年已有三十週年的「日本飯田市國際偶劇節」，今年八月二日至十日的會期，從日本國內外匯聚了三百七十五個團體，有二千多名偶劇的演役人員參加，在那裡我們可以看到具有各國的文化特色，還有加上現代擁有的條件，創造出來的造型、故事，或是沒有故事，只營造出一種神祕又美感的氛圍；讓許多人感受到未曾有過的美感經驗，或是對我們目前人類麻痺於迷途上的一路人為風景，給予當頭棒喝。舉例來說，拿一個元首的文告，讓一個偶對嘴的話，它的權威性，它的真實性，就開始被人們懷疑，因為我們開始思考了。偶可以擬人，讓人莞爾，偶也可以將人物化，讓人驚訝。然而，在兒童的偶戲世界裡面，什麼都有生命，什麼都可以對話溝通，我們現實世界辦不到的好事，在那裡都可以實現，這樣世界展現在小孩子的眼前，也就在冥冥中替他們啟開了美好未來的大門，先讓他們用想像遨遊那個世界，長大後才用腳一步一步去尋找。

日本長野縣的山區小城鎮，人口才八萬人，這樣的小地方辦起國際的偶劇節，竟然愈辦愈越盛大，愈蓬勃，愈豐富。更令人欽讚的是，讓我們看到她的永續性。經費，錢固然重要，但讓全市的市民動起來，特別是幾十個場地，數百場的演出，還要接待各國來的團隊和觀光客，這需要何等的人力?這些全都是靠當地男女老少所組成的志工熱忱負責的服務；如果這三十年來的大拜拜只是形式的大活動，也就不會產生這一股力量，也因為這三十年來他們誠心的投入，小孩已成大人，大人已成銀髮老人，而這活動已成為他們的文化使然。更可觀的是最後一天的踩街祭典，如果小偷要闖空門的話，這是最好的機會，飯田市的百姓都傾巢與會去了。

在這樣的偶戲節盛會期間，表面上我們看了不少精采的偶戲演出，其實真正讓人更欽服的是飯田市民的全民演出。

原載二〇〇八年九月《九彎十八拐》第廿一期

# 立什麼樣的人的傳？

傳記，它確實給人提供了各種不同的人生經驗，更積極的還提供了成功的經驗；沒什麼了不起的成就，就沒有被人，或是為自己立傳的條件。所以傳記它又勵志，又鼓勵人向上而樹立典範，它的價值一直沒人懷疑，長輩或是學校老師，最喜歡推薦傳記叫學生閱讀。但是自從只要擁有巨額財富和金錢就算是成功之後，我們的社會也學到美國，麻雀可以變鳳凰，癩蛤蟆也可以吃到天鵝。人生又何必像傳統傳記的主人翁那樣，非得如《西遊記》唐三藏取經，要重重突破九九八十一難，吃盡苦頭？再說，幾百萬人裡面，有幾個人是有條件立傳的？熟讀了傳記的人，因而成功的，恐怕是微乎其微吧。並且獲得成功可以立傳的人，往往和他讀不讀傳記並沒有絕對的關係。世界上許多被立傳的人，大部分是沒看過別人的傳記的。過去的傳記裡面，主人翁的一生，除了刻苦奮鬥之外，沒有絲毫的僥倖和運氣，可見一個人的成功，要達到被立傳歌頌，比買樂透還難。今天這個社會，逼得我們不得不對傳統傳記的價值產生懷疑。

另外也同時令人懷疑的是所謂的偉人傳。中國近代史上，同時出過兩個死對頭的偉人；他們的傳記都被歸類在偉人傳。在這兩位偉人的眼裡，對方不是匪就是賊。這兩位偉人都是愛國家、愛民族的導師和英雄。可是因為他們愛國家民族愛得太深了，愛死了，結果中國包括臺灣死了兩、三千萬人，多少億的人民隱入水深火熱中掙扎。還好，看偉人傳也一樣，不一定會成為偉人，不然，出了五六個偉人怎麼辦？不過，我們也不能因為懷疑偉人傳記，就懷疑傳記這一類型的文學作品。至少我們不能懷疑絕對像人的傳記。像人，像一般人的傳記，容易做為讀者的借鏡，因為它具有普遍的人性，所以有代表性，並且情節上的因果關係也合乎它的必然性；因而可信度強、說服力夠，不管正面或反面的學習都可供參考。

從這樣的觀點來看，歹徒列傳說不定還比偉人傳，更具有警惕的教育和社會意義。

筆者為什麼有上述的想法呢？現在的很多家長，對下一代的寄望，已經沒有以前那麼偉大了，不敢再希望自己的子女長大以後，成為一個犧牲小我、完成大我的偉人。他們把標準降到，只要他們不變壞就阿彌陀佛了。這樣的願望應該是很容易辦到才對，但是他們還是放不下心；變壞害人，不變壞卻變成被害人。或許並沒有那麼絕對性的兩極化，可是可能性很大。前幾天從報紙上看到一批有心的作家，到澎湖鼎灣監獄，教受刑犯寫作，並且已經有成果印成集子出版了。還沒看到內容，不知道他們寫了些什麼，不過這畢竟是一件好事，要是能夠讓這些受刑犯書寫他們成長的自傳的話，一來讓他們有個徹底反省的機會；反省是成長的力量，也是自我教育改造自己的力量。二來可以警惕別人，做為反面教育的教材，同時做研究的人，也可以統計分析，在成長的過程中，成為普遍踏入歧途的種種可能，做為教育下一代的參考。

五〇年代，美國有一個死囚叫蔡司曼，他因犯案累累，經過九年的囚禁調查期間，他在牧師勸導之下皈依上帝，開始讀經，學習神的道理。他雖失去自由和外在的世界，但他的內心開始迴流，尋找出寬廣的內心世界，而且以回憶的方式，從他有記憶的童年，一直寫到犯案的經過。

這樣的反省與對神告白，使他找回了能和神溝通的心靈，而徹底地改變了一個人，也可以說，他以自我的意志和自我的教育力量，將過去的蔡司曼殺死了。他告白式的自傳經牧師拿去出版後，《紐約時報》的書評說，美國要反省了，能夠造就過去罪大惡極的蔡司曼，是美國的社會，你處死了他，那麼罪行還是存在，還不斷地衍生。蔡司曼後來被判四個死刑，其他的監禁刑期加起來上百年。他被宣判後，許多先進國家的知識分子走上街頭為他討保，並叫出「蔡司曼已死」的口號，但蔡司曼後來還是被處死。

這麼看來，歹徒列傳，在今天真的會產生教育的價值吧。

原載二〇〇六年一月五日《自由時報．自由副刊》

聯合文叢◎黃春明作品集⑦ 449

# 九彎十八拐

作　　者／黃春明
發 行 人／張寶琴
總 編 輯／周昭翡
責任編輯／林劭璜
資深美編／戴榮芝
封面題字／董陽孜
封面撕畫／黃春明
篇章頁視覺／黃國珍
特約美編／林佳瑩　曾綺惠
專案編輯／陳維信　張晶惠　蔡佩錦　李香儀
協力編輯／李幸娟　梁峻瑋
校　　對／李幸娟　吳如惠　陳維信　張晶惠
業務部總經理／李文吉
發行助理／林昇儒
財 務 部／趙玉瑩　韋秀英
人事行政組／李懷瑩
版權管理／蕭仁豪
法律顧問／理律法律事務所
陳長文律師、蔣大中律師
出 版 者／聯合文學出版社股份有限公司
地　　址／(110)臺北市基隆路一段178號10樓
電　　話／(02)27666759轉5107
傳　　真／(02)27567914
郵撥帳號／17623526 聯合文學出版社股份有限公司
登 記 證／行政院新聞局局版臺業字第6109號
網　　址／http://unitas.udngroup.com.tw
E-mail:unitas@udngroup.com.tw
印 刷 廠／鴻霖印刷傳媒股份有限公司
總 經 銷／聯合發行股份有限公司
地　　址／(231)新北市新店區寶橋路235巷6弄6號2樓
電　　話／(02)29178022

出版日期／2009年5月　初版
2022年5月25日　初版五刷第二次
定　　價／280元


ISBN 978-957-522-823-1（精裝）

**國家圖書館出版品預行編目資料**

九彎十八拐／黃春明著. --
初版. -- 臺北市 ：聯合文學. 2009.05
192面：14.8×21公分. --
（聯合文叢 449；黃春明作品集 7）

ISBN 978-957-522-823-1（精裝）

855 98004321

黃春明作品集

07